# Junot Díaz
# Negocios

Junot Díaz nació en Santo Domingo, República Dominicana. Se graduó por Rutgers University y obtuvo su maestría (MFA) en Cornell University. Ha publicado obras de ficción en *Story, The New Yorker, The Paris Review,* y la antología de los mejores relatos breves de 1996 *Best American Short Stories 1996,* así como en *African Voices* (*Voces africanas*). Vive en Nueva York y está escribiendo su primera novela.

# Negocios

## Junot Díaz

Traducción de Eduardo Lago

 Un Original de Vintage Español

Vintage Books

Una división de Random House, Inc.

New York

## Agradecimiento

En reconocimiento a la deuda contraída
para con la comunidad, de manera especial
al Barrio XXI y a cuantos se desvelan por
nosotros.

# Índice

# Negocios

cuentos

# Ysrael

### 1.

Íbamos camino del colmado por encargo de mi tío, que nos había mandado a comprar una cerveza, cuando de repente Rafa se quedó muy quieto y agachó la cabeza, como escuchando un mensaje que yo no alcanzaba a oír, algo que le llegaba de muy lejos. Estábamos cerca del colmado; se escuchaba música y un suave murmullo de voces borrachas. Aquel verano yo tenía nueve años y mi hermano doce. El era quien quería ver a Ysrael. Se quedó mirando en dirección a Barbacoa y dijo: Deberíamos hacerle una visita a ese muchacho.

### 2.

Todos los veranos mami nos mandaba al campo a Rafa y a mí. Ella trabajaba muchas horas en la fábrica de chocolate y cuando daban vacaciones en la escuela no tenía tiempo ni energía para ocuparse de nosotros. Rafa y yo nos íbamos a vivir con nuestros tíos a la casita de madera que tenían justo en las afueras de Ocoa; por todo el patio había rosales que relucían como puntas de compás, y las matas de mangos daban una sombra amplia donde podíamos descansar y jugar dominó, pero el campo no se podía comparar con nuestro barrio de Santo Domingo. En el campo no había nada que hacer ni nadie a quien ver. No había televisión ni electricidad y Rafa, que era mayor y tenía otras necesidades, se despertaba cada mañana fastidiado e insatisfecho. Salía al patio en pantalón corto y se quedaba mirando en dirección a las montañas, hacia las nieblas que al juntarse parecían agua, hacia la maleza, que destellaba como si se estuviera incendiando el monte. Esto es una mierda, decía.

Peor que una mierda, decía yo.

Sí, volvía a decir él, y cuando vuelva a casa me voy a poner como loco singando a todas mis jevas y luego a las de los demás. Y no voy a parar de bailar. Voy a ser como ésos que salen en los libros de récords, que se pasan cuatro o cinco días seguidos bailando sin parar.

El tío Miguel nos pedía hacer algunos trabajos (casi siempre cortar leña para el fogón y cargar agua del río), pero tardábamos lo mismo en hacerlos que en quitarnos la camisa, y el resto del día nos lo pasábamos dándonos trompadas en la cara. Cogíamos jaibas en el río y caminábamos durante horas por el valle yendo en busca de muchachas que nunca aparecían, tendiendo trampas a hurones que nunca cazábamos y poniendo furiosos a los gallos, echándoles cubos de agua fría. Hacíamos todo lo posible por estar ocupados.

A mí aquellos veranos no me molestaban ni se me olvidaban después, al revés que a Rafa. De vuelta a la capital, Rafa tenía sus amigos, una pandilla de tígueres que se divertían tirando por tierra a nuestros vecinos y escribiendo *chocha* y *toto* por las paredes y en el pavimento. Cuando volvía a la capital era raro que se dirigiera a mí, excepto para decirme: Cállate, pendejo. A no ser, por supuesto, que estuviera bravo, en cuyo caso me echaba en cara los mismos quinientos reproches de siempre. La mayoría eran alusiones al color de mi piel, a mi pelo o al grosor de mis labios. Es haitiano, le decía a sus compadres. Eh, señor haitiano, mami te encontró en la frontera y te recogió porque le diste lástima.

Si yo era lo bastante bobo como para contestarle —que si tenía la espalda peluda o recordarle cuando se le hinchó la ñema hasta ponérsele del tamaño de un limón— él entonces me caía a golpes y yo me iba corriendo lo más lejos que podía. En la capital Rafa y yo nos peleábamos tanto que los vecinos nos separaban a escobazos, pero en el campo no era así. En el campo éramos amigos.

El verano que yo tenía nueve años Rafa se pasaba tardes enteras hablando sin parar de cualquier muchacha con la que anduviera. No es que las chicas del campo dieran la nalga con la misma facilidad que las de la capital, pero en cuanto a besarlas me dijo que venía a ser lo mismo. A las chicas del campo se las llevaba a nadar a una presa y con un poco de suerte se lo mamaban o se lo dejaban meter por el culo. Así lo hizo con La Muda durante casi todo un mes hasta que los padres de ella se enteraron y le prohibieron salir de casa para siempre.

Cuando iba a ver a aquellas muchachas se vestía siempre igual, con una camisa y unos pantalones que mi padre le había mandado de Nueva York para Navidad. Yo siempre seguía a Rafa, tratando de convencerle de que me dejara ir con él.

Vete a casa, decía. Volveré dentro de unas horas.

Te acompaño.

No necesito que me acompañes a ningún sitio. Espérame aquí.

Si insistía me daba con el puño en el hombro y seguía caminando hasta que lo único que se alcanzaba a distinguir de él era el color de su camisa por entre los claros de las hojas. En mi interior algo se desinflaba como una vela caída. Lo llamaba a gritos, pero él seguía a toda prisa, dejando una estela de helechos, ramas y tallos de flores que se quedaban temblando tras su paso.

Más tarde, mientras oíamos corretear a las ratas por el tejado de cinc, tumbados en la cama, a lo mejor me contaba lo que había hecho. Me hablaba de tetas y chochas y leche sin dirigirme la mirada. Una vez fue a ver a una chica medio haitiana, pero al final acabó tirándose a su hermana. Había una que creía que bebiendo una Coca-Cola después de acabar se evitaba el embarazo. Otra ya estaba preñada y todo le importaba un pepino. Rafa apoyaba la cabeza en las manos y cruzaba los tobillos. Era buen mozo y hablaba por la comisura de la boca. Yo era demasiado pequeño y no entendía casi nada de lo que decía, pero de todos modos le escuchaba, por si acaso todo aquello me podía ser útil en un futuro.

### 3.

Lo de Ysrael era distinto. Su historia había llegado a oídos de la gente incluso a este lado de Ocoa. Siendo un bebé, un cerdo le había devorado la cara, pelándosela como si fuera una naranja. La gente hablaba de él y cuando los niños oían su nombre gritaban más que si se les mentaba al Cuco o a la Vieja Calusa.

Vi a Ysrael por vez primera el año anterior, justo después de que terminaran de construir la presa. Yo estaba en el pueblo zanganeando, cuando surcó el cielo un avión de una sola hélice. Se abrió una puerta del fuselaje y un hombre empezó a sacar a patadas unos fardos altos que al contacto con el viento estallaban en miles de papeles. Caían despacio, como ramilletes de mariposas, y resulta que no eran afiches de políticos sino de luchadores, y cuando los muchachos nos dimos cuenta empezamos a llamarnos a voces. Normalmente, los aviones sólo sobrevolaban Ocoa, pero cuando imprimían cantidades extra también caían folletos en los pueblos vecinos, sobre todo si se trataba de combates o elecciones importantes. Había papeles que se quedaban semanas enteras colgando de los árboles.

Vi a Ysrael en un callejón, agachado sobre un paquete de folletos todavía atados por un cordel fino. Llevaba la careta puesta.

¿Qué está haciendo? dije.

¿Tú qué crees? contestó.

Cogió el bulto y se alejó de mí, echando a correr callejón abajo. También lo vieron otros chicos, que se voltearon a gritarle, pero coño, como corría el condenado.

¡Ese es Ysrael! me dijeron. Es más feo que el carajo y tiene un primo que vive por acá y que tampoco nos cae bien. ¡Si le ves la cara vomitas!

Más tarde, cuando llegué a casa y se lo conté a mi hermano, éste se incorporó en la cama. ¿Viste algo por debajo de la careta?

Pues no.

Tenemos que investigar eso.

Me han dicho que es espantoso.

La víspera del día que fuimos a buscarlo mi hermano no pegó ojo en toda la noche. Oí cómo le daba al mosquitero con el pie y el ruido de la gasa al desgarrarse levemente. Mi tío estaba de parranda con sus compadres en el patio. Uno de los gallos de su propiedad había obtenido un gran triunfo el día anterior y mi tío estaba pensando en llevárselo a la capital.

La gente de por aquí no apuesta un carajo, decía. Los campesinos sólo hacen apuestas cuando creen que tienen la suerte de su parte, ¿y cuántas veces pasa eso?

Ahora mismo tú crees que la suerte está de tu parte.

Pues tienes toda la razón. Por eso tengo que encontrar gente dispuesta a gastar dinero a lo grande.

¿Le quedará mucha cara a Ysrael? dijo Rafa.

Le quedan los ojos.

Eso es mucho, señaló. Seguro que los ojos fueron lo primero que buscó el cerdo. Los ojos son blandos y salados.

¿Cómo lo sabes?

Una vez chupé uno, dijo.

O a lo mejor las orejas.

O la nariz. Cualquier cosa que sobresalga.

Todo el mundo tenía una opinión distinta sobre el daño sufrido. Mi tío decía que no era demasiado, pero que al padre de Ysrael le disgustaba mucho que se burlaran de su primogénito, y por eso lo de la careta. Mi tía decía que si alguien le veía la cara le quedaría un sentimiento de tristeza para el resto de su vida. Por eso la madre del pobre muchacho se pasaba el día en la iglesia. Yo nunca he estado triste más de unas horas y pensar que un sentimiento así pudiera durar toda la vida me daba un miedo atroz. Mi hermano me estuvo pellizcando la cara por la noche, como si yo fuera un mango. Las mejillas, decía. Y la barbilla. Pero la frente le tuvo que costar mucho más. La piel está tensa.

Está bien, dije. Ya basta.

A la mañana siguiente los gallos cantaban estridentemente. Rafa vació la ponchera en la hierba y fue a buscar nuestros zapatos al patio, cuidando de no pisar los granos de cacao que había puesto a secar la tía. Rafa fue al fogón y volvió con un cuchillo y dos naranjas. Las peló y me dio una. Cuando oímos a la tía toser en la casa nos pusimos en camino. Me pasé todo el tiempo esperando que Rafa me mandara volver en cualquier momento y cuanto más tiempo pasaba sin que dijera nada, más nervioso me ponía. Dos veces me tapé la boca con las manos para ahogar la risa. Caminábamos despacio, agarrándonos a las matas y a los postes de las cercas para no caer rodando por la cuesta, que era muy accidentada y estaba llena de broques. Aún se desprendía humo de los campos quemados la noche anterior y en medio de la ceniza negra se alzaban como lanzas enhiestas los árboles que no habían reventado ni habían caído a tierra. Al llegar al fondo de la cuesta cogimos el camino de Ocoa. Yo llevaba dos botellas de Coca-Cola vacías que mi tío había escondido en el gallinero.

Delante del colmado había dos mujeres, vecinas nuestras, esperando la guagua para ir a misa.

Puse las botellas encima del mostrador. Chicho dobló *El Nacional* del día anterior. Cuando puso dos Coca-Colas llenas junto a las botellas vacías dije: Queremos el depósito.

Chicho se puso de codos en el mostrador y me miró de arriba abajo. ¿Eso es lo que te mandaron hacer?

Sí, dije.

Más te vale que le des este dinero a tu tío, dijo. Me quedé mirando los pastelitos y el chicharrón que guardaba debajo de un cristal salpicado de moscas. De un manotazo, puso las monedas encima del mostrador. No me voy a meter en esto, dijo. Lo que hagas con ese dinero es asunto tuyo. Yo sólo soy un comerciante.

¿Cuánto dinero necesitamos de aquí? le pregunté a Rafa.

Todo.

¿No podemos comprar nada de comer?

Guárdalo para un refresco. Luego te va a entrar mucha sed.

Tal vez deberíamos comer algo.

No seas bobo.

¿Y si sólo compro un poco de chicle para los dos?

Dame ese dinero, dijo.

Okei, dije. Era sólo una pregunta.

Pues déjalo ya. Rafa miró hacia la carretera con aire ausente; nadie conocía aquella expresión mejor que yo. Estaba tramando algo. De vez en cuando miraba a las dos mujeres, que hablaban a voces, con los brazos cruzados por encima de sus grandes pechos.

Llegó una guagua dando tumbos, se paró de una sacudida y cuando se montaron las dos mujeres, Rafa se quedó mirando cómo se les marcaba el trasero por debajo del vestido. El cobrador se asomó por la puerta de los pasajeros y dijo: ¿Y entonces? Y Rafa dijo: Lárgate ya, calvo.

¿Qué estamos esperando? dije. Esa guagua tenía aire acondicionado.

Necesito un cobrador más joven, dijo Rafa, aún mirando hacia la carretera. Yo me acerqué al mostrador y di un golpecito con el dedo en la tapa de cristal. Chicho me dio un pastelito que guardé en el bolsillo y le di una moneda a escondidas. El negocio es el negocio, dijo Chicho, pero mi hermano ni se molestó en mirar. Estaba haciéndole señas a otra guagua.

Vete a la parte de atrás, dijo Rafa. El se situó en el hueco de la puerta central, con los dedos de los pies hacia fuera, agarrándose con las manos a la parte superior de la puerta. Iba junto al cobrador, que tenía un par de años menos que él. El muchacho intentó obligar a Rafa a que se sentara, pero él sacudió la cabeza y puso una sonrisa que quería decir: Olvídalo, y sin dar tiempo a que discutieran, el conductor metió la primera y puso el radio a todo volumen. *La chica de la novela* seguía en el hit parade musical. ¿Lo puedes creer? dijo el hombre que iba a mi lado. Ponen esa vaina cien veces al día.

Muy tieso, me escurrí en el asiento, pero el pastelito ya me había dejado una mancha de grasa en los pantalones. Coño, dije, y sacando el pastelito me lo comí de cuatro bocados. Rafa no estaba mirando. Cada vez que se paraba la guagua, se bajaba de un salto y ayudaba a la gente a subir bultos. Cuando terminaba de ocuparse una hilera de asientos, bajaba el asiento plegable que había en el centro y se lo ofrecía al siguiente pasajero. El cobrador, un muchacho flaco que llevaba un afro, trataba de llegar hasta él sin conseguirlo, y el conductor estaba demasiado ocupado con el radio como para percatarse de lo que sucedía. Dos pasajeros le pagaron a Rafa y él le pasó el dinero al cobrador, que a su vez estaba ocupado en buscar devuelta.

Tienes que tener cuidado con esas manchas, dijo el hombre que iba a mi lado. Tenía los dientes grandes y llevaba un sombrero sin manchas. Se le notaban los músculos de los brazos.

Es que estas cosas sueltan mucha grasa.

Déjame que te ayude. Se escupió en los dedos y empezó a frotarme la mancha, pero al cabo de un rato me estaba frotando la ñema a través de la tela de los pantalones cortos. Sonreía. Le di un codazo, haciéndole retroceder a su asiento. El echó una ojeada para comprobar si se había dado cuenta alguien.

Maricón, dije.

El hombre siguió sonriendo.

Eres un sucio pájaro mamagüebo, dije. El hombre me agarró del bíceps y apretó con fuerza, en silencio, a escondidas, igual que me hacían mis amigos en la iglesia. Solté un gemido.

Deberías vigilar más esa boca, dijo.

Me levanté y fui hasta la puerta. Rafa dio una palmada en el techo y cuando el conductor aminoró la marcha el cobrador dijo: Ustedes dos no han pagado.

Claro que pagamos, dijo Rafa, empujándome hacia la calle llena de polvo. Te di el dinero de esas dos personas y también pagué lo nuestro. Hablaba con voz cansada, como si se pasara todo el rato metido en discusiones de aquel tipo.

No han pagado.

Vete pa'l carajo. Sí que pagué. Tú tienes el dinero, ¿por qué no lo cuentas y lo compruebas?

Ni se te ocurra intentarlo. El cobrador le puso la mano encima a Rafa, pero Rafa se zafó y le dio una voz al conductor: Dile a éste que aprenda a contar.

Atravesamos la carretera y bajamos hasta un conuco de guineos; por detrás nos llegaban las voces del cobrador. Nos quedamos en el campo hasta que oímos que el conductor decía: Olvídalos.

Rafa se quitó la camisa y se dio aire, y entonces yo me eché a llorar.

Se quedó mirándome un momento. Eres un pendejo de la mierda.

Lo siento.

¿Qué coño te pasa? No hemos hecho nada malo.

Enseguida me pondré bien. Me limpié la nariz con el antebrazo.

Rafa echó un vistazo en derredor, estudiando la situación.

Si no paras de llorar, te dejo aquí. Se dirigió a una choza calcinada por el sol.

Vi cómo desaparecía. De la choza llegaban voces límpidas, que tintineaban como si fueran de cromo. A mis pies se movían unas columnas de hormigas que habían dado con un montón de huesos de pollo descarnados y procedían laboriosamente al acarreo del tuétano. Podía haberme ido a casa, que es lo que solía hacer cuando Rafa se ponía así, pero estábamos muy lejos, como a ocho o nueve millas de distancia.

Lo alcancé al otro lado de la cabaña. Caminamos cosa de una milla; sentía que mi cabeza estaba fría y hueca.

¿Terminaste?

Sí, le dije.

¿Vas a ser un pendejo toda la vida?

No habría levantado la cabeza ni aunque el mismísimo Dios hubiera aparecido en pleno cielo y nos hubiera orinado encima.

Rafa soltó un escupitajo. Tienes que ser más duro. Siempre llorando. ¿Tú crees que nuestro papi llora? ¿Crees que eso es lo que ha estado haciendo los últimos seis años? Se apartó de mí. Sus pisadas hacían crujir los tallos de las plantas.

Rafa paró a un estudiante que llevaba un uniforme azul y marrón, el cual nos señaló una carretera más abajo. Rafa habló con una mujer joven que cargaba en brazos a un niño que tosía como un minero.

Un poco más adelante, dijo, y al ver que Rafa sonreía, miró en otra dirección. Pasamos de largo y un campesino que llevaba un machete nos mostró el mejor atajo para volver. Al ver a Ysrael en medio de un campo Rafa se detuvo. Estaba jugando con una chichigua y a pesar del hilo casi parecía que no había ninguna conexión entre él y la lejana cuña de color negro que surcaba el cielo como una aleta. Vamos para allá, dijo Rafa. Yo me avergoncé. ¿Qué diablos se suponía que teníamos que hacer?

Tú quédate cerca de mí, dijo. Y prepárate a correr. Me pasó su navaja y bajamos corriendo hacia el campo.

## 4.

El verano pasado le pegué una pedrada a Ysrael y por la forma en que le rebotó contra la espalda me di cuenta de que le había dado en un omóplato.

¡Le has dado! ¡Le has dado, cabrón! gritaron los demás muchachos.

Iba huyendo de nosotros y el dolor le hizo arquearse y uno de los chicos casi lo atrapó, pero Ysrael se recuperó y salió disparado. Es más rápido que una mangosta, dijo alguien, pero la verdad es que incluso aquella comparación se quedaba corta. Nos echamos a reír y volvimos a nuestros juegos de pelota y nos olvidamos de él hasta que volvió al pueblo y entonces dejamos lo que estábamos haciendo y echamos a correr detrás de él. Enséñanos la cara, le gritábamos. Déjanos verla sólo una vez.

## 5.

Era un pie más alto que cualquiera de nosotros y parecía que lo hubieran cebado con el supergrano con que los campesinos de Ocoa alimentaban al ganado, un producto nuevo que mantenía desvelado a mi tío, quien se pasaba las noches mascullando con ansiedad: Supergrano Proxyl 9, Supergrano Proxyl 9. Las sandalias de Ysrael eran de cuero duro y se vestía con ropa norteamericana. Miré a Rafa, pero mi hermano se mostraba impávido.

Oye, dijo Rafa. Mi hermanito no se encuentra muy

bien. ¿Nos puedes decir dónde hay un colmado? Quiero comprarle un refresco.

Hay una llave de agua yendo carretera arriba, dijo Ysrael. Tenía la voz extraña y gargajosa. La careta era de tela fina de algodón y estaba cosida a mano y era imposible no ver la piel cicatrizada que tenía alrededor del ojo izquierdo, una especie de media luna de cera rojiza, ni la saliva que le chorreaba por el cuello.

No somos de por aquí. No podemos beber el agua.

Ysrael recogió un poco el hilo. La cometa se ladeó, pero él la rectificó de un tirón.

No está mal, dije.

No podemos beber el agua de por aquí. Nos morirímos. Y él ya está enfermo.

Sonreí, intentando hacerme el enfermo, lo cual no resultó demasiado difícil; estaba enteramente cubierto de polvo. Vi que Ysrael nos miraba detenidamente.

Seguramente el agua de aquí es mejor que la de las montañas, dijo.

Ayúdanos, dijo Rafa en voz baja.

Ysrael señaló un sendero. Bajen por ahí y encontrarán una llave.

¿Estás seguro?

He vivido aquí toda mi vida.

Se podía oír la chichigua de plástico aleteando en el viento; el hilo se enroscaba velozmente. Molesto, Rafa se echó a andar. Describimos un círculo amplio y cuando acabamos, Ysrael tenía la cometa en la mano. No era una chichigua criolla hecha a mano. Era un producto extranjero.

No hemos podido encontrarla, dijo Rafa.

¿Cómo pueden ser tan tontos?

¿De dónde has sacado eso? pregunté.

Nueva York, dijo. De mi padre.

¡Mierda! ¡Nuestro padre también está allí! dije a gritos.

Miré a Rafa, que por un instante frunció el ceño. Nuestro padre sólo nos mandaba cartas y en Navidad, a veces, una camisa o unos jeans.

¿Se puede saber por qué llevas esa careta? preguntó Rafa.

Estoy enfermo, dijo Ysrael.

Te tiene que dar mucho calor.

A mí no.

¿Y no te la quitas?

Hasta que no me cure, no. Me van a operar pronto.

Más vale que te andes con cuidado, dijo Rafa. Los médicos te liquidan en menos tiempo que la Guardia.

Estos son médicos norteamericanos.

Rafa soltó una risita. Estás mintiendo.

Me vieron la primavera pasada. Quieren que vuelva el año que viene.

Te están mintiendo. Seguramente les das lástima.

¿Quieren que les diga dónde hay un colmado o no?

Claro que sí.

Síganme, dijo, limpiándose la saliva del cuello. En el colmado se mantuvo alejado mientras Rafa me compraba un refresco de cola. El dueño estaba jugando dominó con el distribuidor de cerveza y ni se molestó en levantar la vista, aunque alzó la mano para saludar a Ysrael. Tenía el mismo aspecto demacrado que todos los dueños de colmados que he conocido a lo largo de mi vida. De nuevo en la carretera le pasé la botella a Rafa para que la terminara y alcancé a Ysrael, que iba delante de nosotros. ¿Todavía te sigue gustando la lucha libre? pregunté.

Se volvió hacia mí; noté un temblor por debajo de la careta. ¿Cómo sabes tú eso?

Lo he oído por ahí, dije. ¿En los Estados Unidos hay combates de lucha libre?

Eso espero.

¿Tú sabes luchar?

Soy un gran luchador. Estuve a punto de luchar en la capital.

Mi hermano soltó una carcajada y casi se me atraganta el refresco.

¿Quieres comprobarlo, pendejo?

En este momento, no.

Ya me parecía.

Le tiré del brazo. Este año los aviones no han echado nada.

Todavía es pronto. Empiezan el primer domingo de agosto.

¿Cómo lo sabes?

Soy de por aquí. La careta dio un tirón. Me di cuenta de que estaba sonriendo y entonces mi hermano describió un arco con el brazo y le rompió la botella en la cabeza. Al estallar, el grueso disco del fondo salió disparado como un monóculo enloquecido y yo dije: ¡Anda'l diablo! Ysrael trastabilló una vez y se golpeó contra un poste que habían clavado al borde de la carretera. Por la careta rodaban esquirlas de cristal. Se volvió hacia mí y cayó de bruces. Rafa le dio de patadas en las costillas. Ysrael no pareció notarlo. Tenía las palmas de las manos apoyadas en el suelo y estaba cogiendo impulso para ponerse de pie. Voltéalo boca arriba, dijo mi hermano y así lo hicimos, empujando como locos. Rafa le quitó la careta y la lanzó a lo lejos. Fue dando vueltas hasta caer en la hierba.

La oreja izquierda era un muñón y a través de un orificio que tenía en la mejilla se veía la masa venosa de la lengua. Carecía de labios. Tenía la cabeza apepinada, los ojos se le habían vuelto blancuzcos y llevaba al descubierto los músculos del cuello. Cuando el cerdo entró en la casa él era un niño de pecho. Se veía que el daño era de hacía mucho tiempo, pero aun así di un salto hacia atrás y dije: ¡Por favor, Rafa, vámonos! Rafa se agachó y utilizando tan sólo dos dedos volteó la cabeza de Ysrael a un lado y otro. Regresamos al colmado; el dueño y el distribuidor discutían. Se oía entrechocar las fichas por debajo de sus manos. Seguimos caminando y al cabo de una hora, o tal vez dos, vimos una guagua. Nos montamos y nos fuimos derechos a la parte de atrás. Rafa se cruzó de brazos y se puso a mirar por la ventanilla. Atrás iban quedando los campos y las cabañas que se alzaban al borde de la carretera y por causa de la velocidad que llevábamos, el polvo y el humo y la gente se veían como paralizados.

Ysrael se pondrá bien, dije.

No apuestes nada.

Lo van a dejar bien.

Advertí que le temblaba un músculo entre la mandíbula y la oreja. Yúnior, dijo con voz cansada. No pueden hacer nada por él, coño.

¿Cómo lo sabes?

Pues porque lo sé, dijo.

Al apoyar las plantas de los pies contra el respaldo del asiento de enfrente, empujé hacia delante a una vieja, que se volteó a mirarme. Llevaba una gorra de béisbol y tenía una nube en un ojo. El autobús iba a Ocoa, no a donde vivíamos.

Rafa hizo un gesto para que pararan. Prepárate a correr, susurró.

Y yo dije: Okei.

# Fiesta, 1980

Aquel año la hermana menor de mami —la tía Yrma—
por fin pudo venir a los Estados Unidos. Ella y el tío Miguel consiguieron un apartamento en el Bronx, frente al
Grand Concourse, y todo el mundo decidió que había
que dar una fiesta. Bueno, en realidad lo decidieron mis
padres, pero a todo el mundo, es decir a mami, a la tía
Yrma, al tío Miguel y a los vecinos, les pareció una idea
chévere. La tarde de la fiesta papi volvió del trabajo a eso
de las seis. A la hora justa. Ya estábamos todos vestidos,
cosa inteligente por nuestra parte. Si papi entra y nos
agarra a todos dando vueltas en ropa interior seguro que
nos habría reventado el culo a patadas.

No le dirigió la palabra a nadie, ni siquiera a mi
mamá. Simplemente la apartó de un empujón para poder pasar, alzó la mano cuando ella le intentó hablar y se
fue directamente hacia la ducha. Rafa me lanzó una mirada y yo se la devolví; los dos sabíamos que papi había
estado con la puertorriqueña con la que se veía y quería
borrar las pruebas con una ducha rápida.

Aquel día mami estaba bonita de verdad. En los Estados Unidos por fin había logrado ganar un poco de peso; ya no era la flaca que había llegado hacía tres años. Llevaba el pelo corto y una tonelada de prendas baratas que a ella no le quedaban demasiado mal. Desprendía una fragancia muy característica de ella, como de brisa que pasa entre los árboles. Siempre esperaba hasta el último minuto para perfumarse porque decía que era un desperdicio rociarse demasiado pronto y luego tener que volver a hacerlo al llegar a la fiesta.

Nosotros —o sea yo, mi hermano, mi hermanita y mami— esperamos a que papi terminara de ducharse. A mami se la veía inquieta a su manera, sin aspavientos. No apartaba las manos de la hebilla del cinturón, ajustándoselo una y otra vez. Por la mañana, cuando nos despertó para que fuéramos a la escuela, nos dijo que  tenía ganas de gozar en la fiesta. Quiero bailar, decía, pero en aquel momento en que el sol descendía por el cielo como un escupitajo que resbala por una pared, simplemente parecía que estaba dispuesta a pasar aquel trago.

Rafa tampoco tenía muchas ganas de fiesta, y en cuanto a mí, no me gustaba ir a ninguna parte sin mi familia. Afuera, en el estacionamiento, había un partido de pelota y se oía gritar a nuestros amigos: Oye. Cabrón. Escuchamos el impacto de una pelota que pasó volando por encima de los carros y el estrépito de un bate de aluminio al chocar contra el asfalto. No es que a Rafa y a mí nos volviera locos el béisbol; simplemente nos gustaba jugar con los muchachos del barrio, y entrarles a golpes por cualquier motivo. A juzgar por los gritos, los dos sabíamos que el partido se estaba jugando cerca, y con nuestra participación, la cosa habría sido diferente. Rafa frunció el ceño y cuando yo hice otro tanto, me amenazó con el puño. No me imites, dijo.

No me imites tú a mí, dije yo.

Me dio. Iba a devolverle el golpe, pero papi hizo aparición en la sala con una toalla alrededor de la cintura. Parecía mucho menos corpulento que cuando estaba vestido. Tenía vello en derredor de las tetas y apretaba la boca con expresión hosca, como si se hubiera escaldado la lengua o algo por el estilo.

¿Comieron? le preguntó a mami.

Ella asintió. Te he preparado algo.

¿No dejaste que éste comiera, verdad?

Ay, Dios mío, dijo ella, dejando caer los brazos.

Eso digo yo. Ay, Dios mío, dijo papi.

Nunca me dejaban comer cuando íbamos a viajar en carro, aunque antes, cuando mami sirvió el arroz, las habichuelas y los plátanos maduros, ¿quién fue el primero en dejar limpio el plato? La verdad es que la culpa no la tuvo mami; ella estaba ocupada cocinando, preparando las cosas, vistiendo a mi hermana Madai. Yo tenía la obligación de haberle recordado que no me diera de comer, sólo que no soy el tipo de muchacho que se comporta así.

Papi se volvió hacia mí. Coño, muchacho, ¿por qué comiste?

Rafa se iba apartando de mi lado poco a poco. Una vez le dije que era un pendejo por quitarse de en medio cada vez que papi me iba a pegar.

Daño colateral, fue la respuesta que me dio Rafa. ¿Sabes lo que es?

No.

Pues averígualo.

Pendejo o no, no me atreví a mirar. Papi era de la vieja escuela; cuando le estaba dando una pela a alguien, no quería que la víctima se distrajera. Tampoco le gustaba que le miraran directamente a los ojos; aquello no estaba permitido. Lo mejor era clavarle la vista en el ombligo; lo tenía perfecto e inmaculado. Papi me agarró de la oreja y me puso de pie.

Como vomites...

No voy a vomitar, exclamé. Se me saltaron las lágrimas, pero fue un reflejo instintivo, no es que me doliera.

Ya, Ramón, ya. No es culpa suya, dijo mami.

Sabían perfectamente que íbamos a una fiesta. ¿Cómo se pensaban que íbamos a ir? ¿Volando?

Por fin me soltó la oreja y me volví a sentar. Madai estaba demasiado asustada como para abrir los ojos. Después de haberse pasado toda la vida bajo la égida de papi, se había convertido en una pendeja muy grande. En cuanto papi alzaba la voz le empezaban a temblar los labios como si fueran el diapasón de un afinador profesional. Rafa disimuló haciendo como que tenía necesidad de estrellarse los nudillos y cuando le di un codazo me miró con cara de decir, *No empieces*. Pero incluso esa mínima muestra de reconocimiento me hizo sentir mejor.

Siempre tenía problemas con mi padre. Era como si hubiera recibido el mandato divino de importunarle, de hacer todo lo que le sacaba de quicio. Nuestras peleas no me molestaban en exceso. Por aquel entonces todavía necesitaba su afecto, cosa que no me pareció extraña ni contradictoria hasta al cabo de varios años, cuando había desaparecido de nuestras vidas.

Cuando me dejó de doler la oreja, papi ya se había vestido y mami nos dio la bendición con gran solemnidad, uno por uno, como si nos fuéramos a la guerra. Nosotros le decíamos: Bendición, mami, y ella hacía la señal de la cruz tocándonos en los cinco puntos cardinales mientras decía: Que Dios te bendiga.

Así empezaban todos nuestros viajes, con el eco de aquellas palabras pisándome los talones cada vez que salía de casa.

Nadie habló hasta que estuvimos todos dentro de la camioneta Volkswagen de papi. La acababa de estrenar. Era de color verde lima y la había comprado para impresionar. Impresionados sí que lo estábamos, sólo que yo, cada vez que me montaba en aquella VW y papi manejaba a más de veinte millas por hora, me ponía a vomitar. Antes nunca había tenido ningún problema con ningún carro, pero aquella camioneta era como una especie de maldición. Mami sospechaba que era cosa de la tapicería. En su fuero interno estaba convencida de que los objetos de procedencia norteamericana —aparatos, enjuagues, tapicerías de aspecto extraño— eran intrínsecamente malignos. Papi procuraba evitar llevarme a ninguna parte en la VW, pero cuando no le quedaba otro remedio, yo iba en el asiento delantero, que era el que solía ocupar mami, para así poder vomitar por la ventanilla.

¿Cómo te sientes? me preguntó mami por encima del hombro cuando papi se paró al llegar a la autopista de peaje. Me puso la palma de la mano en la base del cuello. Mami tenía una cosa, y es que nunca le sudaban las manos.

Estoy bien, dije, mirando fijamente hacia delante. Por nada del mundo quería cruzar la mirada con papi. Papi sólo tenía una clase de mirada, furiosa, penetrante, que me hacía sentirme como si me hubieran magullado.

Toma. Mami me dio cuatro caramelos de menta. Al principio del viaje echó tres por la ventana, como ofrenda a Eshú; los demás eran para mí.

Cogí uno y empecé a chuparlo despacio, restregándolo con la lengua contra la dentadura. Pasamos junto al aeropuerto de Newark sin incidencias. De haber estado despierta, Madai se habría echado a llorar al ver lo cerca de los carros que pasaban los aviones.

¿Cómo te sientes? dijo papi refiriéndose a mí.

Bien, dije yo. Miré hacia atrás, buscando a Rafa, pero él se hizo el desentendido. Era así, en casa y en la escuela. Cuando yo estaba en apuros hacía como que no me conocía. Madai estaba profundamente dormida, pero incluso con la cara arrugada y llena de baba estaba linda, con todo el pelo recogido en moñitos.

Me di la vuelta y me concentré en el caramelo. Papi incluso empezó a bromear, diciendo que a lo mejor aquella noche no habría que limpiar la camioneta. Empezó a relajarse, dejando de mirar el reloj a cada instante. Quién sabe si estaba pensando en la puertorriqueña. O a lo mejor estaba contento por el hecho de que estuviéramos todos juntos. Con él nunca se sabía. Al llegar al peaje estaba de tan buen humor que incluso se bajó de la camioneta y se puso a inspeccionar el piso alrededor de la rejilla metálica donde se echaban las monedas, por si a alguien se le había caído alguna. La primera vez que lo hizo fue para hacer reír a Madai, pero ahora se había convertido en una costumbre. Los carros que venían detrás de nosotros empezaron a tocar la bocina y yo me escurrí en el asiento. A Rafa le daba igual; se volvía a saludar a los otros carros con una sonrisa burlona. De hecho su misión consistía en asegurarse de que no venía ningún policía. Mami despertó a Madai, quien nada más ver que papi se agachaba a recoger dos monedas de veinticinco centavos soltó tal chillido de alegría que casi me salta la tapa de los sesos.

Ahí se acabó lo bueno. Justo a la salida del Puente de Washington empecé a sentirme indispuesto. El olor de la tapicería me taladró la cabeza y la boca se me llenó de saliva de golpe. La mano que mami me había puesto en el hombro se tensó y cuando me volví hacia papi, me estaba mirando como diciendo: De eso nada. Ni se te ocurra.

*   *   *

La primera vez que me mareé fue un día que papi me llevó a la biblioteca en la camioneta. Rafa iba con nosotros y no daba crédito a que yo hubiera vomitado. Yo era célebre porque tenía el estómago de acero. Son cosas que pueden pasar si se ha tenido una infancia tercermundista. Papi se quedó tan preocupado que apenas Rafa devolvió los libros regresamos a casa. Mami me preparó una de sus pócimas a base de miel y cebolla y mejoré un poco del estómago. Una semana después intentamos volver a la biblioteca y aquella vez no logré abrir la ventanilla a tiempo. Papi me llevó a casa, volvió a la calle y limpió él mismo la camioneta con una expresión de asco en la cara. Era un detalle importante, pues papi casi nunca limpiaba personalmente nada. Cuando entró de nuevo a casa yo estaba sentado en el sofá, desbaratado.

Es el carro, le dijo a mami. Le provoca mareos.


Aquella vez el daño fue mínimo, nada que papi no pudiera limpiar con la manguera. Pero de todos modos estaba molesto; lo que hizo fue clavarme con fuerza el dedo índice en la mejilla. Así eran sus castigos: imaginativos. Aquel mismo año yo había escrito una composición para la escuela que se titulaba "Mi padre el torturador", pero la maestra me mandó escribir otra. Creyó que era una broma.

El resto del viaje hasta el Bronx lo hicimos en silencio. Sólo nos paramos una vez, para que yo me cepillara los dientes. Mami había cogido mi cepillo y pasta y se salió conmigo para que no me sintiera solo mientras junto a nosotros pasaban como ráfagas cuantos carros haya conocido jamás la humanidad.

*     *     *

El tío Miguel medía unos siete pies de altura y llevaba el pelo parado y abultado, como medio afro. Nos abrazó con tanta fuerza a Rafa y a mí que casi nos revienta el bazo. Después le dio un beso a mami y por último se sentó a Madai en el hombro. La última vez que había visto a mi tío fue en el aeropuerto, el día de su llegada a los Estados Unidos. Me acuerdo de que no daba la impresión de estar demasiado afectado por el hecho de encontrarse en otro país.

Me miró desde lo alto: ¡Carajo, Yúnior, tienes una pinta espantosa!

Es que vomitó, explicó mi hermano.

Le di un empujón a Rafa. Muchas gracias, cara de culo.

Eh, dijo. Mi tío me ha hecho una pregunta.

El tío Miguel me dio una palmada en el hombro con su manaza de albañil. Tenías que haberme visto a mí cuando cogí el avión para venir aquí. ¡Dios mío! Puso en blanco sus ojos achinados para dar más énfasis a sus palabras. Pensé que nos moríamos todos.

Todo el mundo se dio cuenta de que estaba mintiendo. Sonreí como si sus palabras me hicieran sentirme mejor.

¿Quieres que te traiga algo de beber? me preguntó mi tío. Tenemos cerveza y ron.

Miguel, dijo mami. Es muy joven.

¿Joven? En Santo Domingo ya andaría acostándose por ahí.

Mami afinó los labios, tarea nada fácil.

Es la pura verdad, dijo el tío.

Oye, mami, dije. ¿Cuándo voy a ir de visita a la República Dominicana?

Ya basta, Yúnior.

Es la única posibilidad que existe de que singues, me dijo Rafa en inglés.

Sin contar a tu novia, claro.

Rafa sonrió. Mi respuesta había sido mejor que la suya.

Papi volvió de estacionar la camioneta. Miguel y él se dieron un apretón de manos que a mí me hubiera hecho los dedos papilla.

Coño, compai, ¿cómo va todo? se dijeron uno a otro.

Entoncés apareció la tía Yrma, con un delantal y con unas uñas postizas marca Lee como no creo haberlas visto más largas en todos los días de mi vida. Bueno sí, en el Libro Guiness de los Récords había un gurú hijo de la gran puta que las tenía más largas, pero les juro que éstas se le acercaban. Se puso a dar besos a todo el mundo, nos dijo a Rafa y a mí que éramos muy guapos —Rafa, por supuesto, se lo creyó— y a Madai que era muy bonita. Cuando llegó a papi se puso un poco rígida, como si se le hubiera posado una avispa en la punta de la nariz, pero también le dio un beso.

Mami nos dijo que nos fuéramos con los demás muchachos a la sala. El tío dijo: Aguarden un momento; les quiero mostrar el apartamento. Me alegré cuando la tía dijo *Espérense*, porque, por lo que había visto, el apartamento estaba amueblado conforme al más puro Mal Gusto Dominicano Contemporáneo. Cuanto menos viera, mejor para mí. No es que me disgusten los sofás con funda de plástico, pero, coño, es que mis tíos habían llevado las cosas a otra dimensión. En la sala había una esfera giratoria de discoteca colgando del techo que tenía un relieve de estuco que daba la impresión de un cielo lleno de estalactitas. De los bordes de los sofás colgaban borlas doradas. La tía salió de la cocina con una gente que yo no conocía y cuando terminó de hacer las presentaciones, los únicos que efectuaron una visita guiada por las cuatro habitaciones de aquel apartamento que ocupaba un tercer piso fueron papi y mami. Rafa y yo nos fuimos al salón con la gente de nuestra edad. Ya habían empezado a comer. Es que teníamos hambre, explicó una de las muchachas, con un pastelito en la mano. El muchacho era unos tres años más joven que yo, pero la que había hablado, Leti, tenía mi edad. Estaba sentada en el sofá al lado de otra muchacha, y las dos estaban más buenas que el diablo.

Leti hizo las presentaciones: el muchacho era su hermano Wílquins y la otra muchacha era su vecina Mari. Leti tenía buenas tetas y me di cuenta de que mi hermano trataría de conseguírsela. Su gusto en cuestión de muchachas era previsible. Enseguida se sentó entre Leti y Mari y por la manera en que le sonrieron supe que le iba a ir bien. Ninguna de las dos me miró más de un segundo, lo cual no me molestó. Me daba pánico hablar con muchachas, a no ser que estuviéramos discutiendo o que me diera por llamarlas estúpidas, que era una de mis palabras favoritas aquel año. Me volví hacía Wílquins y le pregunté qué se podía hacer por ahí. Mari, que hablaba en la voz más baja que había oído en mi vida, dijo: No sabe hablar.

¿Qué quiere decir eso?

Es mudo.

Miré a Wílquins con incredulidad. Este sonrió y asintió con la cabeza, como si le hubieran dado un premio o algo parecido.

¿Entiende? pregunté.

Por supuesto que entiende, dijo Rafa. No oye con la lengua.

Estaba claro que Rafa había dicho aquello para ganar

puntos delante de las muchachas. Las dos asintieron. Mari dijo: Es el mejor estudiante de su curso.

Pensé: No está mal para ser mudo. Me senté junto a él. A los dos segundos de poner la televisión Wílquins sacó un juego de dominó e hizo un gesto interrogándome. Claro que sí. Ibamos él y yo contra Rafa y Leti y les metimos una pela doble, lo cual puso a Rafa de muy mal humor. Me miró como con ganas de darme un golpe, uno solo, para así sentirse mejor. Leti no paraba de susurrarle a Rafa al oído que todo estaba bien. Se oía a mis padres en la cocina. Habían recuperado sus modales de costumbre. Papi daba grandes voces con ánimo de discutir; no hacía falta estar muy cerca de él para seguir el hilo de lo que decía. Por el contrario, para oír a mami, había que ahuecar las manos junto a los oídos si se quería entender lo que decía. Fui varias veces a la cocina, una de ellas para que los tíos tomaran buena nota de la cantidad de mierda que había llegado a acumularse en mi cabeza durante los últimos años, otra para servirme refresco en un recipiente del tamaño de un cubo. Mami y la tía estaban friendo tostones y el último pastelito. A mami se la veía más contenta, y por la manera en que se manejaba con la comida, cualquiera diría que se había pasado la vida preparando platos raros y exquisitos. A cada rato le pegaba un codazo a tía Yrma; coño, estoy seguro de que se han tratado así toda la vida. En cuanto me vio, mami me lanzó una mirada fulminante. No te demores, quería decir aquella mirada. No hagas que el viejo se moleste.

Papi estaba demasiado ocupado hablando de Elvis como para fijarse en mí. Entonces alguien mencionó a María Montez y papi soltó un bufido: ¿María Montez? Déjame que te cuente yo a ti de María Montez.

A lo mejor es que me había acostumbrado a él. Su voz —mucho más altisonante que la de la mayoría de los adultos— no me molestaba nada, aunque los demás chicos estaban inquietos y no paraban de revolverse en sus asientos. Wílquins se disponía a subir el volumen del televisor, pero Rafa dijo: Yo siendo tú no lo haría. Pero el mudo tenía las bolas muy grandes. Subió el volumen y se volvió a sentar. Al cabo de un segundo apareció el padre de Wílquins en la sala, con una botella de Presidente en la mano. El tipo debía de tener sensores como los de las arañas o algo por el estilo. ¿Lo has subido tú? le preguntó a Wílquins, y Wílquins asintió.

¿Acaso estás en tu casa? preguntó su padre. Por un momento pareció que iba a caerle a golpes hasta dejar tonto a Wílquins, pero lo único que hizo fue bajar el volumen.

Lo ves, dijo Rafa. Por poco te meten el puño.


Conocí a la puertorriqueña justo después de que papi se comprara la camioneta. Me llevaba con él cuando hacía trayectos cortos, con la intención de curar mi tendencia a vomitar. De hecho, el plan no estaba dando resultados; a mí me hacían mucha ilusión los viajes, aunque al final siempre me mareaba. Aquéllas fueron las únicas ocasiones en que papi y yo hicimos algo juntos. Cuando estábamos a solas me trataba mucho mejor; incluso parecía que yo era hijo suyo.

Antes de cada viaje, mami me hacía la señal de la cruz.

Bendición, mami, decía yo.

Me daba un beso en la frente. Que Dios te bendiga. Y entonces me daba un puñado de caramelos de menta, porque quería que me sintiera bien. A mami no le parecía que aquellas excursiones fueran a curar nada, pero la única vez que se lo comentó a papi, él le dijo que cerrara el pico. ¿Es que acaso ella entendía de alguna cosa?

Papi y yo no hablábamos mucho. Nos limitábamos a dar vueltas por el barrio. De vez en cuando me preguntaba: ¿Y qué?

Y yo siempre hacía un gesto afirmativo, independientemente de cómo me sintiera.

Un día, en las afueras de Perth Amboy, me entraron náuseas. En vez de llevarme a casa, dio media vuelta en Industrial Avenue, y al cabo de unos minutos se paró delante de una casa pintada de color azul claro que no reconocí. Me recordaba los huevos de Pascua que coloreábamos en la escuela, y que luego tirábamos por la ventanilla del autobús contra los carros que pasaban.

La puertorriqueña estaba allí y me ayudó a limpiarme. Tenía las manos ásperas, como de papel, y cuando me secó el pecho con la toalla me restregó tan fuerte que parecía que le estaba sacando brillo a un parachoques. Era muy flaca y tenía el pelo castaño, recogido en un moño, la cara afilada y los ojos negros más penetrantes que he visto jamás.

Es buen mozo, le dijo a papi.

Menos cuando vomita, dijo él.

¿Cómo te llamas? me preguntó. ¿Tú eres Rafa?

Negué con la cabeza.

Entonces eres Yúnior, ¿a que sí?

Asentí.

Tú eres el inteligente, dijo súbitamente satisfecha de sí misma. ¿Quieres ver mis libros?

Los libros no eran suyos. Me di cuenta de que lo más seguro era que mi padre los hubiera dejado en su casa. Papi era un lector voraz, y siempre llevaba encima un libro de bolsillo, incluso cuando iba a ver a sus amantes.

¿Por qué no te vas a ver la televisión? sugirió papi. Miraba a la puertorriqueña como si fuera el último trozo de pollo que quedara sobre la faz de la tierra.

Tenemos un montón de canales, dijo ella. Usa el control remoto si quieres.

Se subieron al piso de arriba. Lo que estaba pasando allí me daba tanto miedo que no me atreví a husmear por la casa. Me quedé sentado, muerto de vergüenza, esperando que cayera del cielo un objeto enorme, envuelto en llamas, y se estrellara sobre nuestras cabezas. Vi una hora entera del noticiero antes de que bajara papi y dijera: Vámonos.

Al cabo de unas dos horas las mujeres sirvieron la comida y como siempre los únicos que dimos las gracias fuimos los pequeños. Debe de ser una tradición dominicana o algo por el estilo. Había todo lo que a mí me gustaba: chicharrones, pollo frito, tostones, sancocho, arroz, queso frito, yuca, aguacate, ensalada de papas, un pedazo de pernil del tamaño de un meteorito y hasta ensalada mixta, que para mí es perfectamente prescindible. Pero cuando me acerqué junto con los demás muchachos a la mesa donde estaba la comida papi dijo: Ah, no, tú no, y me quitó el plato de papel de la mano. Sus dedos no eran precisamente delicados.

¿Y ahora qué pasa? preguntó la tía Yrma, dándome otro plato.

Que éste no va a comer, dijo papi. Mami hizo como que estaba ayudando a Rafa a servirse el pernil.

¿Por qué no puede comer?

Porque lo digo yo.

Los adultos que nos conocían hicieron como que no habían oído nada y el tío se limitó a sonreír tímidamente, diciéndole a todo el mundo que empezara a comer. Todos los chicos —a aquellas alturas ya eran como diez— volvieron en tropel a la sala de estar y los adultos se metieron en la cocina y en el comedor, donde había un radio en el cual ponían bachatas a un volumen que te reventaba los oídos. Yo era el único que no tenía plato. Papi me agarró antes de que me pudiera alejar de él. Puso un tono de voz agradable y habló muy bajo para que nadie pudiera oírlo.

Si comes algo te doy una pela. ¿Entiendes?

Asentí.

Y si tu hermano te da algo de comer, también le pego a él. Aquí mismo, delante de todo el mundo, ¿entiendes?

Volví a asentir. Me entraron ganas de matarlo, y él debió de darse cuenta, porque me dio un leve empujón en la cabeza.

Todos los muchachos se me quedaron mirando cuando entré y me senté delante del televisor.

¿Qué le pasa a tu papá? preguntó Leti.

Es un azaroso, dije yo.

Rafa sacudió la cabeza. No digas esa vaina delante de la gente.

Como tú estás comiendo para ti es muy fácil ser bueno.

Oye, si yo fuera un bebé vomitón, también me quedaría sin comer.

Estuve a punto de replicarle algo, pero me concentré en la televisión. No iba a armar una jodienda. Que se fuera pa'l carajo. Así que me quedé viendo cómo Bruce Lee le hacía morder el polvo a Chuck Norris en el Coliseo e hice como que no había ni rastro de comida en ningún rincón de la casa. Al final me salvó la tía Yrma. Entró en la sala y dijo: Ya que no estás comiendo, Yúnior, por lo menos me podrías ayudar a traer el hielo.

Yo no quería, pero ella interpretó mal mi resistencia.

Ya se lo he dicho a tu padre.

Me cogió de la mano mientras caminábamos. Mi tía

no tenía hijos, pero se notaba que le gustaría tenerlos. Era de esa clase de parientes que siempre se acuerdan de cuándo es el cumpleaños de uno, pero a los que sólo se va a visitar por obligación. No habíamos pasado del rellano del primer piso cuando abrió el bolso y me dio uno de los tres pastelitos que había sacado del apartamento a escondidas.

Dale rápido, dijo. Y no te olvides de cepillarte los dientes tan pronto llegues.

Muchas gracias, tía, dije.

No les di la menor oportunidad a los pastelitos.

Se sentó a mi lado en las escaleras y se fumó un cigarrillo. Cuando llegamos a la planta baja se seguía oyendo la música, las voces de los mayores y la televisión. La tía se parecía un montón a mami; las dos eran de baja estatura y tenían la piel clara. La tía sonreía mucho, y era eso lo que más las diferenciaba.

¿Cómo están las cosas por casa, Yúnior?

¿A qué te refieres?

¿Qué tal en el apartamento? ¿Ustedes los chicos están bien?

Si me sometían a un interrogatorio, me daba cuenta perfectamente, por más que disimularan con palabras suaves. No dije nada. No me entiendan mal, yo quería mucho a mi tía, pero algo en mi interior me decía que mantuviese la boca cerrada. A lo mejor era lealtad familiar, o puede que quisiera proteger a mami, o quién sabe si tenía miedo de que papi me descubriera... la verdad es que podía ser cualquier cosa.

¿Tu mamá anda bien?

Me encogí de hombros.

¿Han tenido muchos pleitos?

Ninguno, dije. Encogerse de hombros todo el rato habría sido tan perjudicial como contestar las preguntas. Papi pasa mucho tiempo en el trabajo.

Trabajo, dijo la tía, como diciendo el nombre de alguien que no le cayera bien.


Rafa y yo no hablábamos mucho de la puertorriqueña. Cuando cenábamos en su casa, las pocas veces que papi nos llevaba allí, nos comportábamos como si no sucediera nada fuera de lo normal. Pasa el ketchup, hombre. Sin problema, hermano. Lo de los amores de papi era como el hoyo que había en el piso de la sala. Estábamos tan acostumbrados a dar un rodeo para evitarlo que a veces se nos olvidaba su existencia.


A medianoche todos los adultos estaban bailando como locos. Yo estaba sentado junto a la puerta del dormitorio de la tía —donde estaba durmiendo Madai— procurando no llamar la atención. Rafa me había mandado acechar la puerta; Leti y él también estaban dentro, con otros cuantos chicos y chicas; seguro que todos estaban ocupados. Wílquins se había ido a dormir a un cuarto que quedaba al otro lado del pasillo, de modo que los únicos que no teníamos nada que hacer éramos las cucarachas y yo.

Cada vez que echaba una ojeada a la sala grande veía una veintena de mamás y papás todos bailando y bebiendo cerveza. De vez en cuando alguien gritaba: ¡Quisqueya! Y entonces todo el mundo se ponía a dar alaridos y patadas en el suelo. Por lo que pude ver me dio la impresión de que mis padres estaban gozándosela.

Mami y la tía se pasaban mucho rato juntas, cuchicheando, y yo esperaba que acabara sucediendo algo, tal vez una pelea. De todas las veces que había salido con mi familia no había habido una sola ocasión en que no se hubiera ido todo al carajo. No se trataba de que fuéramos teatreros ni de que estuviéramos pura y simplemente locos, como pasaba con otras familias. Nos peleábamos como chicos de sexto grado, sin la menor dignidad. Me figuro que llevaba toda la noche esperando un estallido, que papi y mami saltaran. Así es como me lo había imaginado siempre, que de repente papi quedaba al descubierto en público, de modo que todo el mundo se enterara:

¡Eres un cuernero!

Pero todo estaba mucho más tranquilo de lo normal. Y no parecía que mami estuviera a punto de decirle nada a papi. De vez en cuando bailaban, pero nunca duraban más de una canción. Luego mami regresaba junto a la tía y volvía a la conversación que tenía con ella.

Traté de imaginarme cómo era mami antes de conocer a papi. No sé si era el cansancio o simplemente que me había puesto triste pensando en cómo era mi familia. A lo mejor es que ya sabía cómo iban a acabar las cosas al cabo de unos años, mami sin papi, y por eso quería imaginarme a mami sola. No me resultaba nada fácil; era como si papi siempre hubiera estado con ella, incluso cuando estábamos todos en Santo Domingo, esperando a que papi nos mandara buscar.

La única foto que teníamos en la familia de cuando mami era joven, antes de casarse con papi, la habían tomado en una fiesta electoral. Me la encontré un día que andaba buscando algo de dinero para ir a la galería comercial. Mami la había escondido entre sus papeles de inmigración. En la foto se la ve rodeada de varios primos suyos que se están riendo y a los cuales jamás conoceré, todos sudorosos de tanto bailar, con los trajes desabrochados y llenos de arrugas. Se nota que es de noche y que hace calor y que les han picado los mosquitos. Mami está sentada muy derecha y destaca en medio de toda aquella gente; tiene una sonrisa apacible, como si la fiesta fuera en su honor. No se le ven las manos, pero me imaginé que estaría haciéndole un nudo a un calimete o jugando con un trozo de hielo. Aquélla era la mujer que mi papi conocería al año siguiente, en el malecón, la mujer que mami pensó que seguiría siendo siempre.

Me debió de sorprender mientras la miraba, porque dejó de hacer lo que estaba haciendo y me sonrió. Seguramente era la primera vez que sonreía en toda la noche, y de pronto me entraron ganas de acercarme a ella y abrazarla, pero había como once cuerpazos zangoloteando entre ella y yo, así que seguí sentado sobre los mosaicos del piso, esperando.

Me debí de quedar dormido porque lo siguiente que recuerdo es a Rafa dándome una patada y diciendo: Vámonos. Daba la impresión de que le había ido bien con aquellas muchachas; era todo sonrisas. Me levanté a tiempo de darle un beso de despedida a la tía Yrma y otro al tío Miguel. Mami llevaba en la mano el plato que había traído.

¿Dónde está papi? pregunté.

Ha bajado a buscar la camioneta. Mami se agachó a darme un beso.

Hoy te has portado bien, dijo.

Papi entró como una exhalación y nos dijo que bajáramos las jodidas escaleras deprisa, antes de que algún maldito policía le pusiera una multa.

No recuerdo haberme sentido indispuesto después del día que conocí a la puertorriqueña, pero seguro que fue porque mami sólo me hacía preguntas cuando pensaba que algo no iba bien en mi vida. Lo tuvo que intentar por lo menos diez veces, pero por fin, una tarde que estábamos los dos solos en el apartamento, me acorraló. Llevábamos toda la tarde oyendo la pela que le estaban dando los vecinos de arriba a sus hijos. Mami apoyó su mano en la mía y dijo: ¿Está todo bien, Yúnior? ¿Te peleaste con tu hermano?

Rafa y yo habíamos hablado de aquello. Fue en el sótano, donde nuestros padres no podían oírnos. Mi hermano me dijo que sí, que sabía lo de aquella mujer.

Papi ya me ha llevado allí dos veces.

¿Por qué no me lo dijiste?

¿Y qué coño te iba a decir? *Oye, Yúnior, ¿a que no sabes qué pasó ayer? ¡Conocí a la sucia de papi!*

Tampoco yo le dije nada a mami. Se me quedó mirando desde muy de cerca. Más adelante pensé muchas veces que tal vez si se lo hubiera dicho se habría enfrentado a papi, habría hecho algo, pero ¿quién puede saber esas cosas? Le dije que había tenido problemas en la escuela y que todo había vuelto a la normalidad entre Rafa y yo. Ella me puso la mano en el hombro, me dio un apretón y ahí quedó la cosa.


Estábamos en la autopista y acabábamos de dejar atrás la Salida 11 cuando me empecé a sentir mal. Iba recostado en Rafa. Le olían mal los dedos y se había quedado dormido apenas se metió en la camioneta. Me incorporé. Madai también estaba frita, pero por lo menos no roncaba.

En medio de la oscuridad vi que papi tenía la mano apoyada en la rodilla de mami y que los dos estaban quietos y callados. No iban echados hacia atrás ni nada;

estaban completamente alertos, con el cinturón de seguridad abrochado. No le veía la cara a ninguno de los dos, y por más que me esforzaba, no era capaz de imaginarme la expresión de sus rostros. Ninguno de los dos se movía. De cuando en cuando el chorro de luz que despedían los faros de un carro inundaba el interior de la camioneta. Por fin dije: Mami, y los dos se volvieron, perfectamente conscientes de lo que pasaba.

# Aurora

## Aurora

Hace unas horas Cut y yo bajamos en carro a South River a comprar un poco más de marihuana. La cantidad habitual de cada viernes, suficiente para lo que queda de mes. El peruano que nos enganchó nos dio una muestra de su superhierba (les va a encantar, dijo) y de vuelta a casa, luego de pasar por delante de la fábrica Hydrox, habríamos jurado que olía como si en el asiento trasero del carro estuvieran haciendo galletas. Cut decía que olía a galletitas de chocolate, aunque a mí me gustaban más unas duras con sabor a coco que nos daban en la escuela.

Carajo, dijo Cut. Tengo tanta hambre que se me cae la baba.

Lo miré, pero tenía secos los troncos de barba que le asomaban al cuello y al mentón. Esta mierda es potente.

Esa es la palabra que ando buscando. Potente.

Fuerte, dije yo.

Tuvimos la televisión encendida cuatro horas, mientras clasificábamos, pesábamos y metíamos la marihuana en bolsitas de plástico. Estuvimos fumando todo el tiempo y cuando nos fuimos a la cama estábamos com-

pletamente drogados. Cut aún sigue riéndose por lo de
las galletitas, y yo estoy esperando a que se presente Aurora. Es buen día para que aparezca. Los viernes son días
de fumar y ella lo sabe.

No nos vemos desde hace una semana. Desde que me
arañó el brazo. Casi han desaparecido las marcas; si se
frotan con un poco de saliva apenas se ven, pero el día que
me hizo las señales con esas uñas que tiene, que son más
largas que el carajo, eran alargadas y estaban hinchadas.

A eso de la medianoche le oigo dar golpes en la ventana del sótano. Me llama por mi nombre como cuatro
veces y entonces digo: Voy a salir a hablar con ella.

No vayas, dice Cut. Déjalo estar.

No le cae bien Aurora, nunca me da sus mandados. A
veces me encuentro notas de Aurora en sus bolsillos y
debajo de los sofás. Casi siempre son vainas, pero de vez
en cuando me deja una nota que me hace sentir ganas de
tratarla mejor. Me quedo un rato más en la cama, oyendo
el ruido que hacen los vecinos al descargar el inodoro,
arrojando partes de sí mismos por la tubería. Aurora deja
de llamar, puede que para fumarse un cigarrillo o simplemente para tratar de escuchar mi respiración.

Cut se da la vuelta. Déjalo, hermano.

Voy para allá, le digo.

Nos juntamos delante de la puerta del cuarto de las
herramientas. Por detrás de su silueta brilla un bombillo
solitario. Entramos, cierro la puerta y nos besamos, una
vez, en la boca, pero ella cierra los labios, como si fuera
una primera cita. Hace unos meses Cut rompió la cerra-
dura de este sitio y ahora el cuarto de las herramientas
nos pertenece, y es como si tuviéramos una ampliación,
una especie de oficina. Cemento con manchas de aceite.
Un desagüe en un rincón, por donde tiramos los cabos de
cigarrillo y los condones.

Se la ve flaca. Salió del reformatorio hace seis meses y está tan delgada como una niña de doce años.

Necesito un poco de compañía, dice.

¿Dónde están los perros?

Ya sabes que no les caes bien. Se asoma a la ventana; alrededor del marco está todo pintado de iniciales y malas palabras. Va a llover, dice.

Siempre da esa sensación.

Sí, pero esta vez va a llover de veras.

Descanso el trasero en el viejo colchón, que huele a toto.

¿Dónde está tu pana? pregunta.

Durmiendo.

Es lo único que hace ese negro. Le tiembla el pulso. Hasta con la poca luz que hay me doy cuenta. Es difícil besarla en ese estado, difícil incluso tocarla. La carne le tiembla como si la estuvieran agitando con un rodillo. Aurora abre de un tirón los cordones de la mochila y saca los cigarrillos. Otra vez anda cargándolo todo en la mochila, los cigarrillos y la ropa sucia. Veo una camiseta, un par de tampones, los pantalones cortos de color verde, unos muy ajustados, de tela fina, que le compré el verano pasado.

¿Por dónde has andado? le pregunto. No te he visto por aquí.

Ya me conoces. Ando más que un perro.

El agua le oscurece el cabello. Se habrá duchado en casa de una amiga o en algún apartamento vacío. Sé que debería mostrarme bravo con ella por no haber dado señales de vida en tanto tiempo y que lo más seguro es que Cut esté escuchando, pero en cambio le cojo una mano y se la beso.

Vamos, digo.

No has dicho nada de la última vez.

No me acuerdo de la última vez. Sólo me acuerdo de ti.

Me mira como si me fuera a hacer tragar la pendejada que acabo de decir. De repente se le suaviza la expresión. ¿Quieres echar un polvo?

Sí, le digo. La echo de espaldas contra el colchón y le arranco la ropa. Despacio, dice.

No me puedo controlar con ella, que se siente maltratada, lo cual empeora las cosas. Me agarra de los omóplatos y jala como si quisiera partirme en dos.

Despacio, dice.

Todos hacemos esa mierda, vainas que no nos convienen. Son cosas que se hacen y una vez hechas no hay manera de sentirse bien. A la mañana siguiente Cut pone música de salsa y me despierto. Estoy solo y me estalla la cabeza. Me doy cuenta de que Aurora me ha registrado los bolsillos del pantalón, que cuelgan hacia fuera como dos lenguas. Ni siquiera se ha molestado en remeterlos.

## Un día de trabajo

Está lloviendo esta mañana. Vemos una masa de gente en la parada del autobús, pasamos junto a las viviendas remolque que hay al otro lado de la Ruta 9, cerca del Audio Shack. Entregamos los pedidos uno tras otro, sin parar. Diez aquí, diez allá, una onza de hierba para el grandote de las verrugas, un poco de H para una chica, la cocainómana que tiene un derrame en el ojo izquierdo. Todo el mundo compra para el fin de semana. Cada vez que le pongo a alguien una bolsa en la mano digo: Zas, ahí va, hombre.

Cut dice que nos oyó anoche, no para de reprochármelo. Me extraña que todavía no se te haya caído la pinga con el sida, dice.

Soy inmune, le digo. Me mira y me dice que hablar no cuesta nada. Tú sigue hablando, dice.

Recibimos cuatro llamadas seguidas y nos vamos en el Pathfinder a South Amboy y a Freehold. Después regresamos a London Terrace y seguimos trabajando a pie. Así hacemos las cosas; cuanto menos manejemos, mejor.

Ninguno de nuestros clientes tiene nada de especial. No hay curas ni abuelas ni oficiales de policía en nuestra lista. Sólo un montón de jóvenes y alguna gente mayor que no ha vuelto a trabajar ni a cortarse el pelo desde que se hizo el último censo. Tengo amigos en Perth Amboy y en New Brunswick que me cuentan que venden droga a familias enteras, desde los abuelos hasta los que estudian cuarto grado. Por aquí la cosa aún no ha llegado a tanto, pero cada vez hay más muchachos traficando y cada vez viene más gente de fuera, familiares de la gente que vive aquí. Todavía ganamos un montón de cuartos, pero ahora resulta más difícil y a Cut ya le han dado un navajazo. A mí me parece que ya va siendo hora de ampliar el negocio, pero Cut dice: No, coño, cuanto más pequeño, mejor.

Somos gente flexible y de confianza y por eso nos llevamos bien con los mayores, que no quieren comerse la mierda de nadie. Yo me entiendo bien con los jóvenes; es mi parte del negocio. Trabajamos a todas horas del día, y cuando Cut se va a ver a su jeva yo sigo caminando para arriba y para abajo por Westminster, preguntándole a todo el mundo qué pasa. Se me da bien el trabajo en solitario. Soy nervioso y no me gusta pasarme mucho tiempo encerrado. Hay que verme cuando estoy en la escuela. Olvídate.

## Una de nuestras noches

Nos gusta demasiado hacernos daño como para dejarlo. Ella rompe cuanto poseo, me grita como si así pudiera cambiar algo, da portazos intentando agarrarme los dedos. Cuando quiere que le prometa un amor como jamás se ha visto otro, pienso en las que hubo antes. La última jugaba en el equipo femenino de baloncesto de Kean, y tenía una piel que a su lado la mía parecía oscura. Iba a la universidad, tenía carro propio y venía a verme nada más terminar los partidos, con el uniforme puesto, brava porque le habían hecho daño en un bloqueo o le habían dado un codazo en la barbilla.

Esta noche Aurora y yo estamos sentados delante del televisor, bebiéndonos una caja de Budweiser a medias. Esto va a ser doloroso, dice, alzando la lata en vilo. También hay H, un poco para ella y un poco para mí. Los vecinos de arriba también tienen una larga noche por delante y están sacando los trapitos al sol, diciéndose de todo. Unos trapitos bien grandes y crueles, en voz bien alta.

Escucha ese romance, dice Aurora.

Se están diciendo cosas bonitas, digo yo. Se gritan porque están enamorados.

Me quita los lentes y me besa en una parte de la cara que casi nunca se toca, la piel que queda debajo de los cristales y la montura.

Tienes las pestañas tan largas que me entran ganas de llorar, dice. ¿Cómo es posible que nadie haga daño a un hombre con unas pestañas así?

No sé, digo, aunque la que debería saberlo es ella. Una vez trató de clavarme un lapicero en el muslo, pero fue la noche que le dejé todo el pecho marcado de moratones, o sea que no creo que cuente.

Soy el primero en quedarse inconsciente, como siempre. Antes de perder por completo la noción de las cosas percibo retazos de película. Un hombre que echa un gran chorro de whisky en un vaso de plástico. Un hombre y una mujer que corren el uno hacia el otro. Ojalá pudiera tragarme despierto mil programas malísimos, como hace ella, pero mientras sienta su aliento rozándome el cuello, todo está bien.

Al cabo de un rato abro los ojos y veo que está besándose con Cut. Empuja las caderas contra él y él le tiene cogido el pelo con sus malditas manos peludas. Coño, digo, pero entonces me despierto y la veo roncando en el sofá. Apoyo la mano en su cadera. Apenas tiene diecinueve años y está demasiado flaca para nadie que no sea yo. Tiene la pipa justo encima de la mesa; ha esperado a que yo cayera para fumársela. Tengo que abrir la puerta del porche para matar el olor. Me vuelvo a quedar dormido y cuando me despierto por la mañana estoy tirado en bañera y tengo sangre en la barbilla y no me acuerdo de cómo diablos me la he hecho. Esto no va a ninguna parte, me digo a mí mismo. Me voy a la sala, deseando encontrármela allí, pero se ha vuelto a ir y me doy un puñetazo en nariz, simplemente para despejarme la cabeza.

### Amor

No nos vemos mucho. Dos veces al mes, cuatro veces quizás. Ultimamente no tengo una idea muy clara del transcurso del tiempo, pero sé que no nos vemos con mucha frecuencia. Ahorita tengo mi propia vida, me dice, pero no hace falta ser ningún experto para darse cuenta de que está volando otra vez. Eso es lo que le pasa, eso es lo que hay de nuevo.

Estábamos más unidos antes de que la mandaran al reformatorio, mucho más unidos. Salíamos por ahí todos los días, y si necesitábamos un sitio nos buscábamos un apartamento vacío, uno que no estuviera alquilado todavía. Nos colábamos. Rompíamos el cristal, subíamos la ventana desde fuera y nos metíamos. Llevábamos sábanas, almohadas y velas para que el sitio resultara menos inhóspito. Aurora pintaba en las paredes, dibujaba con lápices de colores, aplastaba la cera roja de las velas y hacía unas composiciones bien lindas. Tienes talento, le decía, y ella se reía. Yo era muy bueno en arte. Muy bueno. Aguantábamos en aquellos pisos un par de semanas, hasta que venía el súper a limpiarlos para que pasaran a ocuparlos los siguientes inquilinos, y entonces, cuando volvíamos, nos encontrábamos con que habían reparado la ventana y habían puesto un cerrojo en la puerta.

Algunas noches —sobre todo cuando Cut estaba singando con su jeva en la cama de al lado— quería que volviéramos a ser como antes. Yo soy de los que viven demasiado en el pasado. A veces Cut se estaba tirando a su jeva y ella le decía: Oh, sí, dámelo duro, papi, y entonces yo me vestía y me iba a ver si me la encontraba en cualquier parte. Todavía sigue metiéndose en pisos vacíos, pero ahora sale con una ganga de adictos al crack; Aurora es una de las dos muchachas de la pandilla, y sale con un tal Harry. Ella dice que son como hermanos, pero a mí no me engaña. Harry es un poco pato, un cabrón. Cut le ha metido el puño dos veces y yo otras dos. Cuando me los cruzo de noche se le pega como si fuera su tercer grano y no se aparta de él ni un solo instante. Los demás me preguntan si me pasa algo y me miran con cara de pendejos como dándome a entender que ellos son tipos duros o algo así. ¿Llevas algo encima? Harry está gimoteando con la cabeza metida entre las rodillas, como si fuera un coco enorme y maduro. ¿Algo? digo. No, y la agarro del bíceps y la arrastro al dormitorio. Ella se apoya en la puerta del clóset. Pensé que a lo mejor querías algo de comer, le digo.

Ya he comido. ¿Tienes cigarrillos?

Le doy un paquete entero. Lo sostiene sin fuerza, dudando si fumarse unos cuantos o vender el paquete.

Te puedo dar otro, le digo, y ella me pregunta por qué soy tan pendejo.

Sólo te lo estoy ofreciendo.

No me ofrezcas nada con esa voz.

Cógelo con calma, nena.

Nos fumamos un par. Ella echa el humo como silbando y entonces yo bajo las persianas de plástico. A veces llevo condones encima, pero no siempre, y aunque ella dice que sólo sale conmigo, yo no me engaño. Harry da un grito: ¿Qué coño están haciendo? pero ni roza la puerta. No se atreve a llamar. Después, cuando ella empieza a burlarse a mis espaldas y la gente de la habitación de al lado se ha puesto a hablar de nuevo, me asombro de lo repugnantes que son mis sentimientos, porque tengo ganas de darle una trompada en la cara.

No siempre la encuentro; pasa mucho tiempo en La Hacienda, con el resto de sus amigos, que están tan jodidos y enganchados como ella. Me tropiezo con puertas sin el cerrojo echado y restos de Doritos. Puede que me encuentre que no han descargado el inodoro. Y siempre regueros de vómito, en los clósets o en las paredes. A veces la gente se caga en el piso de la sala; he aprendido a no deambular sin que se me acostumbren los ojos a la oscuridad. Voy de cuarto en cuarto, con la mano por delante, con la esperanza, sólo por esta vez, de que mis dedos se topen con el tacto blando de su cara, no con una maldita pared de cal. De hecho me pasó una vez, hace mucho tiempo.

## La esquina

Observa un organismo durante un tiempo lo suficientemente largo y puede que acabes siendo un experto. Cuál es su forma de vida, de qué se alimenta. Esta noche hace frío en la esquina y hay poco movimiento. Se oyen los dados al caer sobre el pavimento; cada vez que sale de la autopista un camión o cualquier mierda con ruedas, se anuncia dando grandes bocinazos.

En la esquina se fuma, se come, se singa y se juega al selo. Partidas de selo como no las has visto en toda tu vida. Yo sé de panas que ganan a los dados doscientos y trescientos por noche. Siempre hay quien pierde a lo grande. Pero hay que andarse con cuidado. Nunca se sabe si el que pierde va a volver con una nueve milímetros o con un machete en busca de revancha. Yo sigo el consejo de Cut y me limito a vender droga en plan suave, sin alardes, sin hablar mucho. Me llevo bien con todo el mundo y cuando llega la gente me dan un golpecito, chocan el hombro contra el mío y me preguntan cómo estoy. Cut habla con su jeva, cogiéndole de su larga cabellera, jugando con el hijito de ella, pero siempre con la mirada pendiente de la calle por si aparece la policía; parece un detector de minas.

Estamos debajo de los altos postes de la luz, todos teñidos de color orina vieja. Cuando tenga cincuenta años así es cómo voy a recordar a mis amigos: cansados, amarillos y borrachos. Eggie también anda por aquí. Homeboy lleva un afro y su enorme cabeza luce ridícula en contraste con el cuellito de pollo que tiene. Esta noche está en otro mundo. En otra época, antes de que Cut nombrara a su jeva, Eggie era el pistolero de Cut, pero se comportaba como un hijo de puta irresponsable, siempre presumiendo y hablando mucha mierda. En este momento está discutiendo con los tígueres por alguna vaina y no les quiere dar la razón y veo que nadie está contento. La esquina se ha puesto bien caliente y yo me limito a mover la cabeza de un lado para otro. Nelo, el negro al que Eggie le está hablando mierda, tiene más citaciones judiciales que nosotros multas de tránsito. No estoy de humor pa' esa vaina.

Le pregunto a Cut si quiere unas hamburguesas y el hijo de su jeva corretea hacia mí y dice: Tráeme dos.

Vuelve enseguida, dice Cut, siempre pendiente del negocio. Intenta darme unos billetes, pero me río y digo que pago yo.

El Pathfinder está en el estacionamiento de al lado, todo cubierto de lodo, pero más veloz que un rayo. No tengo prisa; manejo por la parte trasera de los apartamentos y salgo a la carretera del vertedero. De niños era nuestro territorio; allá encendíamos hogueras que a veces no éramos capaces de controlar. En los alrededores de la carretera aún se ven zonas enteras que son grandes manchas de color negro. Todo lo que iluminan los faros —la pila de llantas, los carteles, las casetas— lleva aparejado algún recuerdo. Aquí disparé mi primera pistola. Aquí escondíamos las revistas porno. Aquí besé por primera vez a una muchacha.

Cuando llego al restaurante es tarde; las luces están apagadas, pero la chica del mostrador me conoce y me deja pasar. Está un poco gorda pero es linda de cara; recuerdo que la única vez que nos besamos, cuando le metí mano por debajo del pantalón noté que llevaba una toalla sanitaria. Le pregunto por su madre y me dice: Regular. ¿Su hermano? Sigue en Virginia, en la Marina. No consientas que se vuelva pato. Se ríe y coge con los dedos el collar que lleva su nombre. Una mujer con una risa tan chévere jamás tendrá problemas para encontrar hombres. Se lo digo y me mira como si me tuviera un poco de miedo. Me da lo que queda en la vitrina sin cobrarme y cuando vuelvo a la esquina Eggie está tieso en el césped. Dos de los mayores están junto a él, meándole fuerte en la cara. Vamos Eggie, dice uno. Abre la boca. Es hora de cenar. A Cut le ha dado un ataque de risa tan violento que no puede hablarme y no es el único. Algunos bróders se caen al suelo de la risa y otros se agarran a sus panas, haciendo como que se están dando de cabezazos contra el pavimento. Le doy al niño sus dos hamburguesas y se mete entre los arbustos, para que nadie lo moleste. Se agacha y abre el papel grasiento, con cuidado de no mancharse el Carhartt. ¿Por qué no me das un poco? le preguntan unas niñas.

Porque tengo hambre, dice, dando un gran mordisco.

## Lucero

Habría elegido tu nombre para él, dijo. Me dobló la camisa y la puso en el mostrador de la cocina. No hay nada en el apartamento; sólo nosotros dos desnudos, un poco de cerveza y media pizza, fría y grasienta. Tienes nombre de estrella.

Eso fue antes de que yo supiera lo del niño. Siguió hablando de aquel modo, hasta que por fin le dije. ¿De qué coño estás hablando?

Cogió la camisa y la volvió a doblar, acariciándola como si le hubiera supuesto un enorme esfuerzo hacer aquello. Te estoy contando algo. Algo sobre mí. Y lo que tú deberías hacer es escuchar.

## Yo te podría salvar

Me la encuentro delante de la oficina de Quick Check, acalorada de fiebre. Quiere ir a La Hacienda, pero no quiere ir sola. Vamos, dice, apoyando la palma de la mano en mi hombro.

¿Estás metida en algún lío?

Olvídate de esa mierda. Sólo quiero que alguien me acompañe.

Sé que lo que tendría que hacer es irme a casa. La policía hace dos redadas al año en La Hacienda, como si conmemoraran una fiesta. Hoy podría ser nuestro día de suerte.

No tienes que entrar conmigo. Basta con que me acompañes un rato.

Si algo en mi interior dice que no, ¿por qué digo: Sí, claro?

Subimos hasta la Ruta 9 y esperamos a que se despeje el otro lado. Los carros pasan zumbando y un Pontiac nuevo vira bruscamente hacia nosotros, queriendo asustarnos. El reflejo del alumbrado público se escurre vertiginosamente sobre el techo del automóvil, pero nosotros estamos demasiado quemados como para inmutarnos. El conductor es rubio y se aleja riéndose, y nosotros le hacemos un gesto obsceno. Nos quedamos mirando los vehículos; por encima de nosotros el cielo se ha puesto de color calabaza. Hacía diez días que no la veía, pero parece sobria, con el pelo liso peinado hacia atrás, como si de nuevo estuviera yendo a la escuela o algo así. Se casa mi mamá, dice.

¿Con el tipo de los radiadores?

No, con otro. Es dueño de un lavadero de carros.

Qué bueno. Tiene suerte a su edad.

¿Quieres venir conmigo a la boda?

Apago el cigarrillo. ¿Por qué no me imagino con ella en una situación así? Ella fumando en el cuarto de baño y yo vendiéndole droga al novio. No sé.

Mi mamá me envió dinero para que me comprara un vestido.

¿Te queda algo?

Por supuesto que sí. Por el gesto y la voz veo que le ha dolido, así que le doy un beso. Puede que vaya a ver vestidos la semana que viene. Quiero estar bien bonita. Que se vea bien lo lindas que tengo las nalgas.

Vamos bajando por una carretera donde estacionan vehículos municipales; por entre la hierba brotan botellas de cerveza como si fueran calabazas. La Hacienda queda al otro lado de la carretera. Es una casa de tejas anaranjadas y paredes de cal amarilla. Los tablones atravesados en las ventanas están sueltos como dientes podridos. Junto a la fachada hay unos arbustos mugrientos y abultados como los afros que se llevaban en la escuela. El año pasado, cuando la policía cogió presa aquí mismo a Aurora, ella les dijo que me andaba buscando, que íbamos a ver una película. Yo estaba a más de diez millas de La Hacienda. A esos marranos les debió reventar el culo de la risa. A ver una película. Seguro. Cuando le preguntaron qué película se le quedó la mente en blanco.

Espérame fuera, dice.

Me parece bien. La Hacienda no es mi territorio.

Se rasca la barbilla. No te muevas de aquí.

Tú apúrate, coño.

Sí. Se lleva las manos a la chamarra de color morado.

No tardes, Aurora.

Sólo tengo que hablar un momento con una persona, dice, y yo pienso en lo fácil que sería si se diera la vuelta y dijera: Oye, vámonos para casa. Le pasaría el brazo por el hombro y no la soltaría en cincuenta años, porque decir toda la vida me parece excesivo. Sé de gente que se separa de repente; se despiertan un día con mal aliento y dicen: Se acabó. Hasta aquí he llegado. Aurora sonríe y echa a correr hacia la esquina. Las puntas del pelo le suben y bajan, dándole en el cuello. Soy una sombra oculta entre los arbustos; oigo Dodges y Chevys que se paran en el estacionamiento, gente que se acerca caminando con las manos en los bolsillos. No se me escapa ningún ruido. El chasquido de una cadena de bicicleta. Una televisión cambiando de canal en unos apartamentos cercanos, acumulando hasta diez voces distintas en el mismo cuarto. Una hora después hay menos tránsito por la Ruta 9. Se oye el ruido de los carros al arrancar en el semáforo de Ernston. Esta casa la conoce todo el mundo; aquí llega gente de todas partes.

Estoy sudando. Bajo hasta la carretera donde están los vehículos municipales y vuelvo. Vamos, digo. Sale de La Hacienda un viejo cabrón vestido con una sudadera. Tiene el pelo entrecano y todo parado, como una antorcha de sal y pimienta. Un abuelo de esos que te gritan si escupes en el piso cuando pasan ellos. Tiene una sonrisa ancha de comemierda. Sé muy bien la vaina que se traen en esos edificios, la mierda que venden. Son como bestias.

Oye, mira, digo. Es bajo y moreno y cuando me ve se desbarata el muy desgraciado. Se arroja contra la puerta de su automóvil. Ven acá, digo. Camino hacia él, despacio, apuntando con la mano, como si tuviera un arma. Sólo quiero hacerte una pregunta. Se tira al piso, con los brazos abiertos, los dedos separados, sus manos parecen dos estrellas de mar. Le piso un tobillo pero no grita. Tiene los ojos apretados, las ventanas de la nariz muy abiertas. Piso con fuerza, pero no hace ningún ruido.

## En tu ausencia

Me mandó tres cartas desde el reformatorio y en ninguna decía gran cosa. Tres páginas de vainas. Me hablaba de la comida y de lo ásperas que eran las sábanas, cómo al despertarse por las mañanas todo era como de ceniza, como si fuera invierno. *Tres meses que no me viene el período. El médico dice que son los nervios. Si él lo dice. Te contaría de las otras muchachas (hay mucho que contar), pero esas cartas las rompen. Espero que te vaya bien. No pienses mal de mí. Y no dejes que vendan mis perros.*

Su tía Fresa se quedó las cartas un par de semanas antes de dármelas, sin abrir. Sólo dime si está bien o no, dijo Fresa. Es todo lo que quiero saber.

Parece que sí.

Bueno. No me digas más.

Por lo menos le podría usted escribir.

Me puso las manos en los hombros, se inclinó y me dijo al oído: Escríbele tú.

Le escribí pero no recuerdo qué le dije, excepto que la policía había cogido preso a un vecino suyo por haber robado un carro y que había mierda de gaviota por todas partes. Después de dos cartas dejé de escribir y no me sentí ni mal ni bien. Tenía mucho de que ocuparme.

Vino a casa en setiembre y para entonces ya teníamos el Pathfinder en el estacionamiento y una Zenith nueva en la sala. Mantente lejos de ella, dijo Cut. La gente que tiene una suerte así no mejora.

No te apures. Sabes que tengo una voluntad de hierro.

Son gente adicta por naturaleza. Te lo puede contagiar.

Aguantamos una semana sin vernos, pero el lunes, cuando volvía del Pathmark cargando un galón de leche oí una voz. Hey, macho. Me volví y allí estaba, con sus perros. Llevaba un suéter negro, pantalones de tubo, también de color negro, sujetos con elásticos y unos tenis viejos igualmente de color negro. Pensé que le habría pasado algo, pero era que había perdido peso y no era capaz de estarse quieta. La cara y las manos no dejaban de moverse ni un instante, como si tuvieran vida propia; parecían unos niños traviesos que fuera necesario tener vigilados.

¿Cómo estás? le pregunté, y dijo: Tócame. Echamos a andar y a medida que hablábamos íbamos acelerando el paso.

Haz así, dijo. Quiero sentirte los dedos.

Tenía el cuello lleno de morados grandes como bocas. No te preocupes, no son contagiosos.

Te puedo palpar los huesos.

Se rió. También yo me los noto.

Si tuviera medio cerebro habría hecho lo que me dijo Cut. Mandarla al carajo. Cuando le dije a mi compadre que estábamos enamorados, se echó a reír. Soy el Rey de los Comemierdas, dijo, y tú me acabas de dar un plato extra, mi pana.

Encontramos un piso vacío cerca de la autopista, dejamos fuera los perros y la leche. Ya saben ustedes qué se siente cuando se vuelve con alguien de quien se ha estado enamorado. Nunca habíamos estado mejor ni lo volveríamos a estar. Al terminar pintó en las paredes con su lápiz de labios y su esmalte de uñas unos trazos que representaban hombres y mujeres singando.

¿Cómo era la vida allá dentro? le pregunté. Cut y yo pasamos una vez en carro y no parecía un lugar muy atractivo. Tocamos la bocina mucho rato, sabes, pensamos que a lo mejor nos oías.

Se sentó y me miró. Era una mirada más fría que el carajo.

Los dos alimentábamos esperanzas.

Les metí el puño a un par de muchachas, dijo. Muchachas estúpidas. Fue un error muy grande. Me encerraron en el Cuarto Silencioso. La primera vez once días. La segunda catorce. No es posible acostumbrarse a esa mierda, seas lo que seas. Miró los dibujos que había hecho. Allá dentro me imaginé que empezaba una vida nueva. Tenías que haber visto cómo era. Teníamos hijos, una casa grande, pintada de azul, hobbys, toda esa vaina.

Me pasó las uñas por las costillas. Una semana después me lo volvió a pedir, a suplicar más bien, diciéndome todas las cosas buenas que íbamos a hacer, y al cabo de un rato le di un golpe y le empezó a salir un hilo de sangre por la oreja, como un gusano, pero en aquel preciso instante, en aquel apartamento, parecíamos gente normal. Como si algún día las cosas nos pudieran ir bien.

# Aguantando

## i.

Mi padre estuvo ausente de mi vida hasta que cumplí nueve años. Estaba en los Estados Unidos, trabajando, y sólo lo conocía por las fotos que mi mamá guardaba en una bolsa de plástico para sándwichs, debajo de la cama. Como había goteras en el tejado de cinc casi todo cuanto teníamos estaba corroído por la humedad: la ropa, la Biblia de mami, su maquillaje, la comida, las herramientas del abuelo, los muebles de madera barata. Las fotos de mi padre lograron sobrevivir gracias a la bolsa de plástico.

Cuando pensaba en papi siempre se me venía a la cabeza una foto en particular. Era de 1965, unos días antes de la invasión. Yo ni siquiera estaba vivo entonces; mami estaba embarazada de mi hermano el mayor, que no llegaría a nacer. Ya saben de qué tipo de foto hablo. De color sepia, con los rebordes ondulados. Por detrás la letra agarrotada de mi mamá: la fecha, el nombre de papi, hasta la calle, que quedaba una cuadra más arriba de nuestra casa. Llevaba el uniforme de guardia, con la gorra parda ladeada sobre la cabeza afeitada y un Constitución sin encender entre los labios. Su mirada seria y oscura era idéntica a la mía.

No pensaba mucho en papi. Se fue a Nueva York cuando yo tenía cuatro años, pero como no recordaba haber compartido ni un solo instante con él, quedaba completamente excluido de mis primeros nueve años de vida. Cuando me lo tenía que imaginar —cosa no muy frecuente, pues mami había dejado de hablar de él— pensaba en el soldado de la foto. Para mí mi padre era una nube de humo de cigarro, de esos mismos cigarros de los que aún quedaban huellas en los uniformes que dejó al irse. Mi padre era el resultado de ir uniendo retazos de los padre de mis amigos, de los hombres que jugaban al dominó en la esquina, de las cosas que decían mami y el abuelo. Yo no sabía nada de él. No sabía que nos había abandonado. Que aquello de que un día iba a venir no era más que una farsa.

Vivíamos al sur del Cementerio Nacional, en una casa de madera con tres cuartos. Eramos pobres. Para ser más pobres todavía había que vivir en el campo o ser inmigrante haitiano, que era el consuelo brutal que siempre nos ponía mami como ejemplo.

Por lo menos no están en el campo. Si no tendrían que comer piedras.

No comíamos piedras, pero tampoco carne ni habichuelas. Casi todo lo que nos ponían en el plato era a base de hervidos: yuca hervida, plátano hervido, guineo hervido. A veces había un poco de queso o un trozo de bacalao. Cuando estábamos de suerte los plátanos y el queso nos los servía fritos en lugar de hervidos. Todos los años a Rafa y a mí nos cogía una infección y nos salían lombrices y para poder comprar Verminox mami tenía que escatimarnos la comida. No sé cuántas veces me habré sentado en cuclillas en lo alto de la letrina, apretando los dientes, viendo cómo me salían unos largos parásitos de color gris de entre las piernas.

Los chicos de la escuela Mauricio Báez no nos molestaban demasiado, a pesar de que no teníamos dinero para pagar el uniforme y las mascotas. En cuanto a los uniformes mami no podía hacer nada, pero sí hacía mascotas improvisadas, cosiendo unos patrones de papel que le prestaban sus amigas. Teníamos un lapicero para cada uno y si se nos perdía, como me pasó una vez a mí, había que quedarse en casa sin poder ir a la escuela, hasta que mami conseguía que alguien nos prestara otro. El maestro obligaba a los demás muchachos a que compartieran sus libros con nosotros, y aquellos muchachos ni siquiera nos miraban e incluso intentaban aguantarse la respiración cuando nos tenían muy cerca.

Mami trabajaba en la fábrica de chocolates Embajador; hacía turnos de diez y doce horas y apenas ganaba nada de dinero. Se despertaba todos los días a las siete de la mañana y yo me levantaba a la vez que ella porque no era capaz de aguantar en la cama hasta muy tarde. Mientras ella iba a sacar agua del bidón yo traía el jabón de la cocina. Siempre había hojas y arañas flotando en el agua, pero a mami se le daba como a nadie sacar los cubos llenos de agua limpia. Era una mujer menuda y cuando estaba en el cuarto bañándose parecía aún más pequeña. Tenía la piel morena y el pelo sorprendentemente liso. En el vientre y en la espalda le quedaron cicatrices de cuando sobrevivió al bombardeo de 1965. Con la ropa puesta no se le veían, pero cuando la rodeaba con los brazos, notaba el tacto duro de las cicatrices contra las muñecas y la palma de las manos.

El abuelo tenía la misión de ocuparse de nosotros

mientras mami estaba trabajando, pero normalmente se iba a ver a sus amigos o a instalar la trampa en algún sitio. Hace varios años, cuando el problema de las ratas del barrio adquirió proporciones alarmantes (Esas malditas se llevaban a los niños, me decía el abuelo), construyó una trampa con sus propias manos. Una máquina de destrucción. Nunca le cobraba a nadie por usarla, cosa que mami no habría hecho; la única condición que ponía era que tenía que ser él mismo quien se encargara de montar la barra de acero. Más de una vez he visto cómo le rebanaba a alguien los dedos de una mano, explicaba a quienes le pedían prestada la trampa, pero la verdad es que le gustaba tener algo que hacer, desempeñar algún tipo de trabajo. Sólo en nuestra casa el abuelo había dado muerte a una docena de ratas, y en una casa de Tunti murieron cuarenta de esas hijas de la gran puta en una masacre que duró dos días. Se quedó las dos noches con la gente de Tunti, volviendo a montar la trampa una y otra vez y quemando la sangre, y cuando regresó venía cansado y sonriente, con todo el pelo blanco revuelto, y mi madre le dijo: Parece que has estado por ahí buscando nalga.

Cuando el abuelo no estaba, Rafa y yo hacíamos lo que nos daba la gana. Rafa casi siempre salía con sus amigos y yo me iba a jugar con nuestro vecino Wilfredo. A veces me dedicaba a trepar a los árboles. En el vecindario no había un solo árbol que se me resistiera y a veces me pasaba las tardes enteras encaramado en las copas, observando el movimiento del barrio. Cuando el abuelo estaba en casa (y despierto) me hablaba de los viejos tiempos, cuando se podía vivir del trabajo en la finca, cuando la gente no pensaba en los Estados Unidos.

Mami venía a casa después de la caída del sol, cuando algunos vecinos empezaban a perder el control, luego de haberse pasado el día entero bebiendo. Nuestro barrio no era el lugar más seguro del mundo y mami solía pedirle a algún compañero de trabajo que la acompañara hasta casa. Eran hombres jóvenes, y algunos de ellos estaban solteros. Mami dejaba que la acompañaran, pero nunca los invitaba a entrar en la casa. Ponía el brazo atravesado en el umbral, para darles a entender que allí no entraba nadie. Puede que mami estuviera flaca, cosa mala de por sí en la isla, pero era una mujer inteligente y divertida, y eso no es fácil de encontrar en ninguna parte. A los hombres les resultaba atractiva. Desde lo alto de mi atalaya he visto en más de una ocasión a aquellos Porfirios Rubirosas despedirse hasta el día siguiente para a continuación cruzar la calle y plantar las nalgas en la acera de enfrente con el único fin de comprobar si mami se estaba haciendo la dura. Ella nunca se daba cuenta de que aquellos hombres se encontraban apostados allí. De modo indefectible, luego de pasarse quince minutos mirando con ansiedad en dirección a nuestra casa, hasta el más solitario de aquellos fulanos se ponía el sombrero y se largaba.

Una vez terminada su jornada de trabajo no había modo humano de conseguir que mami hiciera nada, ni siquiera la cena, sin que antes se pasara un buen rato sentada en su mecedora. En aquellos momentos no quería saber nada de nuestros problemas, ni si nos habíamos hecho rasguños en las rodillas ni si no sé quién había dicho no sé qué. Se quedaba sentada en el patio trasero con los ojos cerrados, dejando que los insectos le hiciesen ronchas como cerros en los brazos y en las piernas. A veces yo trepaba al guanábano y cuando ella abría los ojos y me sorprendía espiándola y sonriendo allá arriba, los volvía a cerrar y yo me ponía a tirarle ramitas hasta que empezaba a reírse.

**2.**

Cuando los tiempos eran flojos de verdad, cuando desaparecía de su billetera el último billete de colores, mami nos mandaba a casa de algún pariente. Llamaba por teléfono por la mañana temprano desde casa del padre de Wilfredo. Tumbado junto a Rafa, yo escuchaba sus ruegos, en voz pausada y suave, y rezaba con la esperanza de que un día nuestros parientes la mandaran al carajo, pero eso no pasaba nunca en Santo Domingo.

Normalmente Rafa se quedaba con los tíos de Ocoa y yo me iba con la tía Miranda a Boca Chica. A veces nos íbamos los dos a Ocoa. Ni Boca Chica ni Ocoa quedaban lejos, pero yo nunca quería ir y casi siempre mami tenía que pasarse horas engatusándome antes de que accediera a subirme al autobús.

¿Cuánto tiempo? le preguntaba a mami con voz truculenta.

No mucho, me prometía, mientras examinaba las costras que tenía en la parte posterior de mi cabeza afeitada. Una semana, como mucho dos.

¿Cuántos días es eso?

Diez, veinte.

Vas a estar bien, me decía Rafa, escupiendo en la cuneta.

¿Cómo lo sabes? ¿Eres santero?

Sí, me decía sonriendo. Así es.

A él no le importaba viajar; estaba en esa edad en la que lo que uno quiere es estar lejos de la familia, con gente junto a la cual no se ha crecido.

Todo el mundo necesita vacaciones, explicaba el abuelo alegremente. Pásatelo bien. Vas a estar junto al mar. Y piensa en todas las cosas que vas a comer.

Yo nunca quería estar lejos de la familia. De modo intuitivo, sabía de la facilidad con que la distancia se endurece hasta convertirse en algo permanente. Camino de Boca Chica siempre estaba demasiado deprimido como para fijarme en el mar, en los muchachos que pescaban y en los que vendían cocos en la carretera, en la espuma que estallaba en el aire como una nube de plata pulverizada.

Tía Miranda tenía una linda casa en medio de una cuadra, con el techo de guijarros y un piso de mosaicos por el que los gatos no sabían manejarse bien. Los muebles hacían juego y la televisión y las llaves del agua funcionaban. Todos los vecinos tenían trabajos administrativos o bien eran hombres de negocios y había que caminar tres cuadras para encontrar cualquier clase de colmado. En fin, que era un barrio *fino*. El mar quedaba muy cerca y yo me pasaba casi todo el tiempo en la playa, jugando con los muchachos de la localidad, poniéndome negro al sol.

En realidad la tía no era pariente de mami; era mi madrina y por eso nos recogía de cuando en cuando a mi hermano y a mí. Eso sí, nada de dinero. Nunca le prestaba dinero a nadie, ni siquiera al borracho de su ex-esposo, y mami debía de saberlo, porque nunca se lo pedía. La tía tenía unos cincuenta años y era más flaca que un alambre y por más que se ponía cosas en el cabello no había nada que hacer; cuando se hacía la permanente no pasaba ni una semana antes de que se le volviera a rizar el cabello con más entusiasmo que nunca. Tenía dos hijos, Yénifer y Bienvenido, pero no los mimaba tanto como a mí. Siempre me andaba besuqueando y en las comidas se me quedaba mirando fijamente, como si estuviera esperando a que surtiera efecto un veneno.

Me apuesto algo a que hace tiempo que no comías eso, me decía.

Yo hacía un gesto negativo con la cabeza, y Yénifer, que tenía dieciocho años y se daba mechas en el pelo, le decía: Déjalo en paz, mamá.

Además a la tía le gustaba hacer breves comentarios crípticos sobre mi padre, normalmente después de haberse tomado un par de tragos de Brugal.

*Bebía demasiado.*

*Ojalá tu madre se hubiera dado cuenta antes de cuál era su verdadera naturaleza.*

*Tendría que ver en qué situación les ha dejado a ustedes.*

Las semanas no pasaban lo bastante deprisa. Por la noche bajaba al paseo marítimo, con la intención de quedarme solo, pero aquello no era posible. Estaba todo lleno de turistas haciendo el mono y de tígueres que esperaban el momento de robarles.

Las Tres Marías, me decía a mí mismo, apuntando al cielo. Eran las únicas estrellas que conocía.

Hasta que un día, al volver a casa después de haberme dado un baño en el mar, vi a mami y a Rafa sentados en la sala, cada uno con una batida de limón en la mano.

Han vuelto, decía, procurando suprimir la agitación de mi voz.

Espero que se haya portado bien, le decía mami a la tía. Llevaba el pelo corto, las uñas pintadas y el mismo vestido rojo que se ponía siempre que salía.

Rafa sonrió y me dio una palmada en el hombro. Estaba más moreno que la última vez que lo vi. ¿Cómo estás, Yúnior? ¿Qué? ¿Me has extrañado?

Me senté a su lado, él me pasó el brazo por encima del hombro y nos quedamos los dos escuchando cómo la tía le contaba a mami lo bien que me había portado y la cantidad de cosas diferentes que había comido.

## 3.

El año que papi vino a buscarnos, el mismo que yo cumplí nueve años, ninguno de nosotros esperaba nada. No había ningún indicio en que apoyarse. Aquella temporada no había gran demanda de chocolate dominicano y los dueños de la fábrica, que eran puertorriqueños, despidieron a la mayoría de los trabajadores por un período de dos meses. Buena solución para los dueños, para nosotros un desastre. Cuando ocurrió aquello, mami se pasaba todo el tiempo en casa. A diferencia de Rafa, que sabía bien cómo ocultar sus mierdas, yo siempre tenía problemas. Por haberle dado un puñetazo a Wilfredo o por haberme puesto a perseguir gallinas hasta matarlas de agotamiento. A mami no le gustaba pegarme; prefería ponerme de rodillas, sobre los guijarros, de cara a la pared. La tarde que llegó la carta me sorprendió dándole tajos al mango del patio con el machete del abuelo. Otra vez al rincón. El abuelo quedaba encargado de comprobar que cumplía los diez minutos de castigo, pero estaba demasiado ocupado tallando madera con una navaja como para tomarse la molestia. Al cabo de tres minutos me dejaba libre y yo me escondía en el dormitorio hasta que él decía: Okei, de modo que mami pudiera oírle. Entonces yo me iba hacia el fogón, restregándome las rodillas, y mami levantaba un momento la vista de los plátanos que estaba pelando.

Más vale que aprendas, muchacho, de lo contrario te vas a pasar de rodillas el resto de tu vida.

Me quedé mirando la lluvia que no había dejado de caer en todo el día.

No tengo intención, le dije.

¿Me estás contestando?

Me dio una nalgada y salí corriendo a buscar a Wilfredo. Lo encontré debajo del alero del tejado de su casa. El viento lanzaba ráfagas de lluvia contra su cara oscurísima. Nos dimos la mano siguiendo un laborioso ritual. El era Mohamed Alí y yo Simbad; eran nuestros nombres norteamericanos. Los dos llevábamos pantalón corto; él llevaba unas sandalias destrozadas colgadas de los dedos de los pies.

¿Qué tienes ahí? le pregunté.

Unos barcos, dijo, alzando en vilo unos triángulos de papel que había hecho su padre para nosotros. Este es el mío.

¿Qué premio se lleva el ganador?

Un trofeo de oro así de grande.

Okei cabrón, estoy listo. No lo sueltes antes que yo.

Okei venao, dijo, pasándose al otro lado de la cuneta. Había un buen descenso hasta la esquina. No había ningún carro estacionado en nuestro lado de la calle, excepto un Monarch encallado, y había bastante espacio entre los neumáticos y la acera como para que pasaran los barquitos navegando.

Ya habíamos completado cinco carreras cuando nos dimos cuenta de que alguien había estacionado una motocicleta destartalada delante de la puerta de mi casa.

¿Quién es? me preguntó Wilfredo, volviendo a echar al agua su barco ensopado.

No lo sé, dije.

Ve a ver.

Yo ya iba de camino. El conductor de la motocicleta se fue antes de que yo alcanzara la puerta. Se montó a toda prisa y desapareció envuelto en una nube de humo.

Mami y el abuelo estaban en el patio, conversando. El abuelo estaba enojado y no paraba de retorcer sus manos de cortador de caña. Hacía mucho tiempo que no veía bravo al abuelo, desde que dos antiguos empleados le robaron el camión que tenía para transportar los productos del campo.

Vete para fuera, me dijo mami.

¿Quién era?

¿Qué te he dicho?

¿Era alguien conocido?

Afuera, dijo mami, poniendo una voz que parecía que iba a matar a alguien.

¿Qué pasa? me preguntó Wilfredo cuando volví junto a él. Le empezaba a moquear la nariz.

No sé.

Cuando al cabo de una hora Rafa volvió de jugar una partida de billar pavoneándose, yo ya había intentado hablar con mami y con el abuelo cinco veces. La última vez mami me dio una bofetada en todo el cuello y Wilfredo me dijo que se veían las marcas de los dedos en la piel. Se lo conté todo a Rafa.

Esto no me suena nada bien. Tiró el cabo del cigarrillo. Tú espera aquí. Dio un rodeo por la parte de atrás y oí su voz y luego la de mami. Sin gritos, sin peleas.

Vamos, dijo. Quiere que esperemos en nuestro cuarto.

¿Por qué?

Eso es lo que ha dicho. ¿Quieres que le diga que no?

Ahora que está brava, no.

Exacto.

Me despedí de Wilfredo dándole una palmada en la mano y me fui hacia la puerta principal con Rafa. ¿Qué pasa?

Que papi le ha escrito una carta.

¿Sí? ¿Manda dinero?

No.

¿Qué dice?

¿Cómo quieres que lo sepa?

Se sentó en su lado de la cama y sacó un paquete de cigarrillos. Me quedé observando la compleja ceremonia que llevó a cabo para encender uno: el vuelo del fino cigarrillo hasta quedar encajado entre los labios y después la llama, tras un solo chasquido del experimentado dedo pulgar.

¿De dónde has sacado el encendedor?

Me lo dio mi novia.

Dile que me dé uno a mí.

Toma. Me lo lanzó. Puedes quedártelo a condición de que no abras el pico.

¿Sí?

¿Lo ves? Alargó la mano y me lo quitó. Ya te has quedado sin él.

Me quedé callado y él se tumbó en la cama.

Oye, Simbad, dijo Wilfredo, asomando la cabeza por la ventana. ¿Qué pasa?

¡Que hemos tenido carta de mi padre!

Rafa me dio un golpe seco en la cabeza. Esto es un asunto de *familia*, Yúnior. No hace falta que se entere todo el mundo.

Wilfredo sonrió. Yo no se lo voy a contar a nadie.

Pues claro que no, dijo Rafa. Porque si lo haces te arranco la maldita cabeza de cuajo.

Intenté esperar hasta el final. Nuestro cuarto no era más que un compartimento que había hecho el abuelo dentro de la casa colocando unas planchas de madera. En un rincón mami había puesto un altar con unas velas, un cigarro metido dentro de un mortero de piedra, un vaso de agua y dos soldaditos de juguete que teníamos prohibido tocar. Sobre la cama colgaba un mosquitero, preparado para caernos encima como si fuera una red. Yo estaba tumbado, oyendo cómo la lluvia barría el tejado de cinc.

Mami sirvió la cena y se nos quedó mirando mientras comíamos, y luego nos mandó volver al cuarto. Jamás la había visto con una expresión tan vacía, tan rígida, y cuando intenté darle un abrazo, me apartó de un empujón. Vuelve a la cama, dijo. Otra vez a oír llover. Me debí de quedar dormido, porque cuando me desperté Rafa me estaba mirando pensativo y afuera estaba oscuro y en la casa no había ninguna otra persona en vela.

He leído la carta, me dijo en voz baja. Estaba sentado en la cama, con las piernas cruzadas, las costillas formando una escalera de sombras en el pecho.

Papi dice que viene.

¿De verdad?

Pero no te lo creas.

¿Por qué?

No es la primera vez que hace esa promesa, Yúnior.

Oh, dije yo.

Afuera, la señora Tejada empezó a cantar desafinadamente para sí.

Rafa.

¿Qué?

No tenía idea de que sabías leer.

Yo tenía nueve años y no sabía escribir mi nombre.

Sí, dijo en voz baja. Aprendí un poco por ahí. Ahora duérmete.

### 4.

Rafa tenía razón. No era la primera vez. Dos años después de irse, papi escribió diciendo que venía por nosotros, y mami, inocentemente, le creyó. Después de haberse pasado dos años sola estaba dispuesta a creerse cualquier cosa. Le enseñó la carta a todo el mundo, incluso habló por teléfono con él. No era un hombre fácil de localizar, pero aquella vez logró dar con él y le volvió a asegurar que sí, que venía. Le dio su palabra. Incluso habló con nosotros, cosa que Rafa recuerda vagamente, y nos dijo un montón de tonterías, que si nos quería mucho y que si teníamos que cuidar a mami.

Mami preparó una fiesta, incluso compró un chivo con la idea de sacrificarlo. Nos compró ropas nuevas a Rafa y a mí, y al comprobar que papi no daba señales de vida mandó a todo el mundo a casa, le revendió el chivo a su propietario y estuvo a punto de perder el juicio. Recuerdo lo pesado que se me hizo aquel mes, no recuerdo nada más pesado en todos los días de mi vida. Cuando el abuelo intentó localizar a nuestro padre, llamando a los números que nos había dado, ninguno de los hombres que vivían con él sabían adónde se había ido.

De poco sirvió que Rafa y yo le preguntáramos a mami a todas horas cuándo nos íbamos a los Estados Unidos de una vez o cuándo iba a venir papi a buscarnos. Según me cuentan, yo quería ver su foto casi a diario. Me cuesta trabajo imaginarme a mí mismo así, loco por papi. Cuando mami se negó a enseñarme las fotos, armé tal escándalo que parecía que me habían pegado fuego. Menudo griterío. Desde muy pequeño mi voz alcanzaba más lejos que la de los adultos, y cuando me ponía a gritar por la calle todo el mundo se daba la vuelta.

Mami primero probó a abofetearme flojo, pero aquello no sirvió de gran cosa. Después me encerró con llave en mi cuarto y allí mi hermano me dijo que tratara de calmarme, pero yo sacudía la cabeza de un lado para otro y gritaba con más fuerza todavía. No había modo de consolarme. Empecé a destrozarme la ropa, porque era lo único que poseía cuya destrucción hacía daño a mi madre. Se llevó todas las camisas de mi habitación y sólo me dejó los pantalones cortos, que eran difíciles de dañar sólo con los dedos. Arranqué un clavo de la pared e hice una docena de agujeros en cada par de pantalones, hasta que Rafa me dio un bofetón y me dijo: Ya basta, puto.

Mami pasaba mucho tiempo fuera de la casa, en el trabajo o en el malecón, desde donde podía ver cómo las olas se estrellaban contra las rocas y los hombres le ofrecían cigarrillos que ella fumaba en silencio. No sé cuánto tiempo duró aquello. Quizás tres meses. Hasta que una mañana a principios de primavera, cuando los pétalos de las amapolas destellaban como llamaradas, al despertarme me encontré con que el abuelo estaba solo en casa.

Se ha ido, dijo. Así que llora cuanto quieras, malcriado.

Más tarde supe que estaba en Ocoa con los tíos.

Los períodos de tiempo que mami estaba ausente de la casa era algo de lo que nunca se hablaba, ni entonces ni ahora. Cuando volvió con nosotros al cabo de cinco semanas, estaba más flaca y más morena y tenía las manos llenas de callos. Estaba más joven; parecía la muchacha que había llegado de Santo Domingo hacía quince años, ardiendo en deseos de casarse. Un día vinieron unas amigas suyas a hacerle una visita. Estaban todas sentadas charlando cuando de repente alguien mencionó el nombre de papi. A mami se le apagó la mirada hasta que se borró el eco del nombre y entonces volvieron a brillar sus ojos negros. Soltó una carcajada muy característica de ella y fue como si un pequeño trueno despejara el aire.

Mami no me trató mal después de su regreso, pero ya no estábamos tan unidos como antes; ya no me llamaba prieto ni me traía chocolatinas cuando volvía del trabajo.

Parecía encontrarse a gusto así. Y yo era lo bastante joven como para sobreponerme a su rechazo. Todavía me quedaban el béisbol y mi hermano. Aún podía trepar a los árboles y descuartizar lagartijas.

## 5.

Me pasé la semana siguiente a la llegada de la carta observando a mami desde lo alto de los árboles. Para el almuerzo nos hacía sándwichs de queso frito que luego guardaba en unas bolsas de papel, y para la cena plátanos hervidos. Lavaba la ropa majándola en el lavadero de cemento que había a un costado de la rancheta del patio. Cuando le parecía que andaba gateando por ramas demasiado altas me mandaba bajarme al suelo. No eres Espíderman, sabes, decía golpeándome la cabeza con los nudillos. Las tardes que venía el padre de Wilfredo a jugar al dominó y a hablar de política se sentaba con él y con el abuelo y se reía de las historias que contaban del campo. A mí me parecía que estaba más normal, pero tenía mucho cuidado de no provocarla. Todavía había algo de volcánico en su manera de comportarse.

El sábado un huracán rezagado pasó cerca de la capital y al día siguiente la gente hablaba de la altura que habían alcanzado las olas del malecón. Habían desaparecido unos niños, arrastrados mar adentro, y el abuelo sacudió la cabeza al saber la noticia. Como si el mar no nos hubiera hecho ya bastante, dijo.

Aquel domingo mami nos convocó en el patio. Nos vamos a coger el día libre, anunció. Un día de familia.

No necesitamos ningún día libre, dije y Rafa me pegó más fuerte de lo normal.

Cállate la boca, ¿okei?

Intenté devolverle el golpe, pero el abuelo nos agarró a los dos del brazo. No me obliguen a que les parta la cabeza, dijo.

Mami se vistió y se arregló el pelo e incluso pagó un concho para que no fuéramos todos amontonados en la guagua. Mientras esperábamos, el conductor se tomó la molestia de limpiar los asientos con una toalla y yo le dije: No se ve sucio, y él dijo: Créeme que lo está, muchacho. Mami se veía muy bonita y muchos de los hombres que pasaban querían saber adónde iba. A pesar de que no podíamos permitirnos aquel lujo, nos invitó a ver una película. *Los cinco venenos mortales.* Por aquella época, en los cines sólo ponían películas de kungfú. Me senté entre mami y el abuelo. Rafa se fue a la parte de atrás, con un grupo de muchachos que estaban fumando y discutiendo sobre un jugador de béisbol del Licey.

Después de la función mamá nos compró helados granizados, que comimos mientras mirábamos cómo correteaban las salamandras por las rocas del puerto. Había unas olas tremendas y algunas partes de la George Washington estaban inundadas, y los carros avanzaban muy despacio, tratando de abrirse paso por entre las aguas.

Un hombre que llevaba una guayabera roja se paró junto a nosotros. Encendió un cigarrillo y se dirigió a mi madre. El viento le alzaba las puntas del cuello de la guayabera. ¿De dónde es usted?

De Santiago, respondió ella.

Rafa soltó un bufido.

Entonces habrá venido a ver a sus parientes.

Sí, dijo ella. A la familia de mi marido.

El hombre hizo un gesto de asentimiento con la cabeza. Tenía la piel oscura y manchas blancas en el cuello y en las manos. Le temblaban ligeramente los dedos cuando se acercaba el cigarrillo a los labios. Yo tenía ganas de que terminara de fumárselo para ver qué pasaba cuando arrojara el cabo al mar. Tuvimos que esperar casi un minuto hasta que por fin dijo buenos días y se alejó.

Menudo loco, dijo el abuelo.

Rafa alzó el puño. Me tenías que haber hecho una señal. Le hubiera dado un golpe de kungfú en la cabeza.

Cuando tu padre se me acercó lo hizo mejor, dijo mami.

El abuelo se miró el dorso de las manos, contemplando el largo vello blanco que las recubría. Se le veía apurado.

Tu padre me preguntó si quería un cigarrillo y después me dio el paquete entero para demostrarme que era alguien importante.

Yo me agarré a la barandilla de hierro. ¿Aquí mismo?

Oh, no, dijo ella. Se dio la vuelta y miró hacia el tránsito. Esa parte de la ciudad ya no existe.

## 6.

Rafa creía que papi vendría por la noche, como Jesucristo, y que a la mañana siguiente nos lo encontraríamos en la mesa del desayuno, sonriente y sin afeitar. Demasiado real como para creerse una cosa así. Estará más alto, pronosticó Rafa. La alimentación norteamericana tiene ese efecto sobre la gente. Papi sorprendería a mami a la vuelta del trabajo y se la llevaría a dar un paseo en un carro alemán. No le dirigiría la palabra al hombre que la acompañaba camino de casa. Mami no sabría qué decir ni él tampoco. Irían en carro hasta el malecón y luego la invitaría a ver una película, porque eso es lo que pasó cuando se conocieron y así es como volverían a empezar.

Yo lo vería llegar desde la copa de un árbol. Un hombre que movía las manos como yo y que tenía los ojos iguales a los míos. Llevaría anillos de oro, colonia en el cuello, una camisa de seda y zapatos de cuero fino. Todo el barrio saldría a recibirlo. Le daría un beso a mami y otro a Rafa, y el abuelo le daría la mano de mala gana, y entonces me vería a mí, detrás de todo el mundo. ¿Qué le pasa a ése? preguntaría y mami diría: No te conoce. Se agacharía para que se le vieran bien las medias de vestir, de color amarillo claro, me palparía las cicatrices de los brazos y de la cabeza. Yúnior, diría por fin, su rostro sin afeitar muy cerca del mío, trazando un círculo en mi mejilla con el dedo pulgar.

# Bajo el agua

Mi madre me dice que Beto ha vuelto, y se queda esperando a que diga algo, pero yo me limito a seguir viendo la televisión. Espero a que se acueste y sólo entonces me pongo la chaqueta y salgo a dar una vuelta por el barrio a ver qué pasa. Ahora Beto es pato, pero el año pasado éramos amigos y siempre entraba en el apartamento sin llamar. Su voz recia rescataba a mi madre de su cuarto, donde estaba oyendo algún programa en español, y a mí me hacía subir del sótano. La voz de Beto retumbaba con fuerza, como la de mi abuelo o la de algún tío.

Por aquel entonces éramos muy violentos, robábamos en plan loco, rompíamos los cristales de las ventanas y orinábamos en las escaleras delanteras de las casas, desafiando a la gente a que se atreviera a salir a intentar impedírnoslo. Beto empezaba la universidad a fines de verano y la idea nos hacía delirar de entusiasmo. El odiaba todo lo que tuviera que ver con el barrio, los edificios ruinosos, los estrechos rectángulos de césped, los montones de basura que se apilaban en derredor de los cubos y el vertedero, sobre todo el vertedero.

No sé qué podrías hacer para irte tú también, me decía. Yo me buscaría un trabajo en cualquier parte y me iría.

Sí, decía yo. Yo no era como él. Me quedaba un año más en la escuela superior y no tenía nada en perspectiva.

Nos pasábamos el día en el centro comercial o en el estacionamiento, jugando a la pelota, pero lo que esperábamos con verdadera ansiedad era la noche. En el interior de las casas se acumulaba un calor espantoso, como si lo único que se pudiera hacer allí dentro fuera esperar la llegada de la muerte. Las familias salían a los porches; el destello de los televisores teñía de azul los ladrillos de la pared. Hasta el apartamento de mi familia llegaba el aroma que se desprendía de unos perales que habían plantado hacía varios años, a razón de cuatro por patio, sin duda para evitar que nos muriéramos todos de asfixia. Nada se movía deprisa, hasta la luz diurna tardaba en desaparecer, pero en cuanto salía la luna Beto y yo nos íbamos al centro de recreo comunitario, saltábamos la valla y nos zambullíamos en la piscina. Nunca estábamos solos; también estaban allí todos los muchachos del barrio a los que no les faltaba ninguna pierna. Nos tirábamos de los trampolines y nadábamos hasta lo más hondo, peleándonos y haciendo el zángano. A eso de la medianoche se asomaban a las ventanas de los apartamentos las abuelas del vecindario, con el pelo lleno de rolos, diciendo a gritos: ¡Sinvergüenzas! ¡Váyanse a su casa!

Paso por delante del apartamento de Beto, pero no hay luz en las ventanas; pego el oído a la puerta desvencijada y lo único que se oye es el consabido ruido de fondo del aire acondicionado. Todavía no he decidido si quiero hablar con él o no. Puedo volver a casa a cenar y dejar las cosas como están.

Cuatro cuadras antes de llegar ya se oye el escándalo de la piscina —radios incluidos— y me pregunto si alguna vez nosotros llegamos a hacer tanto ruido. Pocos cambios; el intenso olor a cloro y el estrépito de las botellas al estrellarse contra la caseta de socorro son los mismos. Meto los dedos por entre los rombos de la cerca de alambre recubierto de plástico. Algo en mi interior me dice que Beto está allí; salto por encima de la valla, y al verme caído entre los dientes de león que crecen en el césped me siento estúpido.

Buen salto, dice alguien.

Seré pendejo, digo. Si no soy el hijo de puta más grande del lugar me falta poco. Me quito la camisa y los zapatos y me zambullo limpiamente en el agua. Una buena parte de los muchachos que están aquí son los hermanos pequeños de la gente que asistía a la escuela conmigo. Un negro y un latino dejan de nadar cuando me ven, reconociendo en mí al tipo que les vende la sucia hierba que se fuman. Los adictos al crack tienen a sus propios proveedores, un tal Lucero y otro tipo que viene en carro desde Paterson, el único individuo en toda la zona que va y viene del trabajo a las horas punta, como si tuviera un empleo convencional.

Se está bien en el agua. Me sumerjo en la parte más honda y me deslizo rozando los baldosines resbaladizos del fondo sin levantar espuma ni agitar el agua con los pies. De vez en cuando pasa alguien nadando por encima, más que un cuerpo una turbulencia. Todavía aguanto mucho sin subir a la superficie. Mientras que los que van por arriba son gente ruidosa a la que le gusta llamar la atención, por el fondo todo son murmullos. Siempre se corre el riesgo de que al salir esté fuera la policía cosiendo el agua a puñaladas con la luz de sus linternas. Cuando sucede eso todo el mundo echa a correr, chapoteando con las palmas mojadas de los pies contra el piso de cemento, gritando: Váyanse al carajo, agentes. Jódanse, putos sucios.

Cuando me canso me acerco hasta donde se hace pie; paso junto a un muchacho que está besando a su novia y se me queda mirando como si me fuera a meter por entre ellos. Tomo asiento cerca del cartel donde figuran las normas que rigen la piscina durante el día. *Prohibido subirse a hombros de otros bañistas. Prohibido correr. Prohibido defecar. Prohibido orinar. Prohibido expectorar.* Al final, alguien ha añadido: *Prohibidos los blancos. Prohibidas las muchacas gordas.* Y otro espontáneo ha añadido la *h* que falta. Me río. Beto no conocía el significado de la palabra expectorar, y eso que era él el que se iba a la universidad. Se lo dije, lanzando un escupitajo verde al borde de la piscina.

Coño, dijo. ¿Dónde has aprendido eso?

Me encogí de hombros.

Pero dímelo. No podía soportar que yo supiera cosas y él no. Me puso las manos en los hombros y me sumergió. El llevaba unos jeans recortados y una cadena alrededor del cuello con una cruz colgando. Era más fuerte que yo y me retuvo bajo la superficie hasta que me entró agua por la garganta y por la nariz. Pero ni aun así quise decírselo. Beto estaba convencido de que yo nunca leía, ni siquiera para consultar el diccionario.


Vivimos solos. A mi madre le alcanza para pagar la renta y la comida y yo me hago cargo de la cuenta de teléfono y a veces de la factura del cable. Mi madre es tan silenciosa que casi siempre que me tropiezo con ella en el apartamento me llevo un susto. A veces entro en un cuarto y veo que algo se mueve, y es ella que se despega de una pared a la que se le está cayendo la cal o de la puerta de un clóset lleno de manchas, y siento un escalofrío de miedo como si me atravesara una corriente eléctrica. Mi madre ha descubierto el secreto del silencio; sirve el café sin hacer ruido, va de cuarto en cuarto como si se deslizara sobre cojines de terciopelo, llora sin que se le oiga. Tú has viajado al Oriente y has aprendido muchos secretos. Eres una especie de guerrera de las tinieblas.

Y tú eres una especie de loco, dice ella. Una especie de grandísimo loco.

Cuando vuelvo todavía está despierta, arrancándose bolitas de lana de la falda. Dejo la toalla en el sofá y nos sentamos juntos a ver la televisión. Ponemos el noticiario en español: para ella un drama, para mí violencia. Hoy un niño ha sobrevivido a una caída desde un séptimo piso, y lo único que ha salido malparado es el pañal. La cuidadora, una mujer completamente histérica y de unas trescientas libras de peso, da grandes cabezadas delante del micrófono.

Ha sido un auténtico *míricol*, dice sollozando.

Mi madre me pregunta si encontré a Beto. Le digo que no lo busqué.

Qué lástima. Me dijo que a lo mejor empezaba a estudiar ciencias empresariales en la facultad.

¿Y qué?

Mi madre es incapaz de entender que hayamos dejado de hablarnos. Intenté explicarle, dándomelas de sabio, que todo cambia, pero ella piensa que ese tipo de proverbios sólo existen para que la gente pueda comprobar que son falsos.

Me preguntó en qué andabas.

¿Y qué le dijiste?

Le dije que estabas bien.

Deberías haberle dicho que ya no vivo aquí.

¿Y si se tropieza contigo?

¿Es que no puedo visitar a mi madre?

Se da cuenta de que tengo los brazos en tensión. Deberías intentar hacer lo mismo que hacemos tu padre y yo.

¿Es que no te das cuenta de que estoy viendo la televisión?

Me peleé con él, es verdad. Pero ahora somos capaces de hablarnos normalmente.

¿Me vas a dejar ver la televisión o qué?

Los sábados me pide que la lleve al centro comercial. Como hijo siento que es algo que le debo, aunque ninguno de los dos tenemos carro y eso significa caminar dos millas por territorio de trabajadores blancos hasta llegar a la parada del M-15.

Antes de salir me arrastra tras ella por el apartamento para comprobar que las ventanas tienen el cerrojo echado. No alcanza hasta los pestillos, de modo que soy yo quien tiene que comprobarlos. Con el aire acondicionado nunca abrimos las ventanas, pero de todos modos tengo que hacer esta comprobación rutinaria. No basta con que ponga la mano encima del pestillo; quiere oír cómo lo corro. Esta casa no es segura, me dice. A Lorena le dio flojera y mira lo que le hicieron. Le pegaron y la dejaron encerrada en el apartamento. Unos morenos acabaron con toda la comida que tenía e hicieron llamadas telefónicas. ¡Nada menos que llamadas telefónicas, imagínate!

Y por eso nosotros no podemos hacer llamadas de larga distancia, le digo, pero ella niega con la cabeza. Eso que dices no tiene gracia, dice.

No sale mucho, pero cuando lo hace es todo un acontecimiento. Se viste bien, incluso se pone maquillaje. Por eso no le armo un escándalo cuando me pide que la lleve al centro comercial, aunque los sábados normalmente gano una fortuna vendiendo hierba a los muchachos que se van de parranda a Belmar o a Spruce Run.

La mitad de los muchachos que cogen el autobús me conocen. Oculto el rostro tras la visera de la gorra, rezando para que nadie se acerque con intención de comprarme material. Ella contempla el tránsito, con las manos metidas dentro de la cartera y no dice ni una palabra.

Cuando llegamos a la galería comercial le doy cincuenta dólares. Cómprate algo, le digo, asqueado de la imagen que tengo de ella, siempre rebuscando entre los baratillos, tocándolo todo. En los viejos tiempos mi padre le daba cien dólares a finales de verano para que me comprara ropa nueva y tardaba casi una semana en gastárselos, aunque al final todo lo que me había comprado eran un par de camisetas y dos pares de jeans. Dobla los billetes haciendo un cuadrado. Te veo a las tres, dice.

Merodeo por las tiendas, siempre a la vista de las cajeras, para que no tengan que preocuparse de seguirme. Siempre hago el mismo recorrido, desde los días en que me dedicaba a robar. Librería, tienda de discos, tienda de cómics, Macy's. Beto y yo robábamos como locos en aquellos sitios, dos y trescientos dólares de mercancía en una sola incursión. Teníamos un método muy sencillo. Entrábamos en la tienda con una bolsa de compra y salíamos cargados de cosas. Por aquel entonces no había grandes medidas de seguridad. El único truco era al salir. Nos parábamos justo a la entrada de la tienda y nos comprábamos cualquier baratija para que los empleados no sospecharan. ¿Qué te parece? nos preguntábamos el uno al otro. ¿Crees que le gustará? Los dos habíamos visto a mucha gente robar de cualquier manera. Le echan mano a lo que quieren y salen corriendo, sin la menor delicadeza. Nosotros no éramos así. Nosotros salíamos de las tiendas muy despacio, como esos grandes carros de los años setenta. A Beto aquello se le daba como a nadie. Incluso se paraba a hablar con los vigilantes de la galería, preguntándoles cómo se iba a algún sitio, con la bolsa llena hasta los bordes en la mano, mientras yo esperaba a diez pies de distancia, cagándome en los pantalones. Cuando terminaba, venía hacia mí sonriendo, alzaba la bolsa y me daba con ella.

Tienes que olvidarte de esta vaina, le decía yo. No quiero ir a la cárcel por una pendejada así.

No te meten en la cárcel por robar en una tienda. Te llevan junto a tu viejo.

Yo no sé el tuyo, pero mi padre pega como un hijo de puta.

Beto se reía. Ya conoces a mi padre. Doblaba las manos. El negro tiene artritis.

Mi madre nunca sospechó nada, ni siquiera cuando tenía tanta ropa que no me cabía en el clóset, pero con mi padre la cuestión no era tan fácil. Sabía lo que costaban las cosas y que yo no tenía trabajo fijo.

Te van a agarrar, me dijo un día. Tú espera. Y cuando te agarren les voy a enseñar todo lo que te has llevado y te van a botar de culo en el safacón de la basura por estúpido, igual que si fueras un trozo de carne podrida.

Mi padre era de lo más chévere, todo un auténtico pendejo, aunque tenía razón. A nadie le puede ir bien tanto tiempo, sobre todo a nuestra edad. Un día, en la librería, ni siquiera ocultamos el botín. Cuatro ejemplares del mismo número de *Playboy*, por puro capricho, y tal cantidad de audiolibros que habríamos podido inaugurar nuestra propia biblioteca. Ni siquiera nos tomamos la molestia de comprar una baratija en el último momento. La mujer que nos salió al paso no parecía vieja, aunque tenía el pelo blanco. Llevaba una blusa de seda con los botones de arriba desabrochados; sobre la piel pecosa se veía una cadena con un colgante de plata en forma de cuerno. Lo siento, muchachos, pero tengo que inspeccionar esa bolsa, dijo. Yo seguí andando, mientras le lanzaba una mirada furibunda, como si nos hubiera pedido limosna o algo así. Beto reaccionó educadamente y se detuvo. Cómo no, dijo, y le dio con la bolsa cargada de cosas en plena cara. Ella cayó sobre los mosaicos fríos del piso, soltó un grito y se puso a dar golpes en el suelo con las palmas de las manos. Ahí tiene, dijo Beto.

Los de seguridad nos encontraron junto a la parada del autobús, debajo de un Jeep Cherokee. Entretanto había llegado un autobús, pero no nos atrevimos a cogerlo, imaginándonos que afuera habría un detective de paisano esperando que saliéramos para esposarnos. Me acuerdo que cuando el policía de alquiler golpeó el parachoques con la macana y dijo: Salgan de ahí abajo despacito, renacuajos de mierda, yo me puse a llorar. Beto no dijo ni media palabra. Tenía la cara tensa y cenicienta. Me agarró de la mano con fuerza, apretando los huesos de sus dedos contra los míos.

Por las noches me voy de copas con Alex y Danny. El Bar Malibú no vale nada; lo único que hay son tragos aguados y las sucias que logramos engatusar para que nos acompañen. Bebemos en exceso y hablamos a gritos, obligando al flacucho del mesero a que se acerque más al teléfono. Hay un tablero de dardos colgando de una pared y una mesa de billar Brunswick Gold Crown bloqueando la entrada del baño. Tiene las bandas destrozadas y el tapete arrancado como un pellejo viejo.

Cuando el bar empieza a moverse a ritmo de rumba,

dando tumbos hacia delante y hacia atrás, decido poner punto final y me voy a casa atravesando los descampados que rodean los bloques de apartamentos. A lo lejos se divisa el Raritan, brillante como una lombriz de tierra; por ese mismo cauce seco va mi pana a la escuela. Hace mucho que no vierten residuos industriales y ahora está cubierto de una hierba que parece la pelambre de una bestia enferma. Desde donde me encuentro ahora, dirigiendo con la mano derecha un chorro de orina incolora que cae al vacío, la superficie cuadrada del antiguo vertedero parece la parte superior de una cabeza rubia y vieja.

Cuando salgo a correr por las mañanas, mi madre ya está levantada, vistiéndose para emprender la limpieza de la casa. No me dirige la palabra; prefiere hacerme una seña para que vea el mangú que ha preparado.

Hago tres millas sin problema y si estoy de humor puedo hacer hasta cuatro. Estoy atento por si aparece el tipo que se dedica a reclutar gente para el ejército, un individuo que recorre el barrio a bordo de un vehículo oficial modelo K, de color oscuro. Una vez hablé con él. Iba sin uniforme; me llamó con voz jovial y yo pensé que era un pendejo que me iba a preguntar cómo se iba a algún sitio. ¿Puedo hacerte una pregunta?

Sí.

¿Tienes trabajo?

Ahora mismo no.

¿Te gustaría tenerlo? ¿Una carrera de verdad, mejor de lo que puedas encontrar por aquí?

Me acuerdo de que di un paso atrás. Depende de lo que sea, dije.

Hijo, sé de alguien que ofrece trabajo. El gobierno de los Estados Unidos.

Bueno. Lo siento, pero el ejército no es lo mío.

Así pensaba yo también, dijo, con los diez dedos gordezuelos encima del volante forrado. Pero ahora tengo una casa, un carro, un arma y una esposa. Disciplina. Lealtad. ¿Tienes tú alguna de esas cosas? ¿Una tan siquiera?

Es del sur, pelirrojo; su acento está tan fuera de lugar que a la gente de por aquí le da risa sólo de oírlo. Cuando lo veo aparecer en su carro me escondo entre los arbustos. Estos días noto una especie de flojera fría en el estómago y me gustaría estar lejos de aquí. No hace falta que me enseñe su Aguila del Desierto ni las fotos de las filipinas esqueléticas mamándole la pinga. Basta con que sonría y me diga nombres de lugares mientras yo escucho.

Cuando llego al apartamento, me apoyo en la puerta, esperando a que se me desacelere el corazón, a que se me pase el dolor. Oigo la voz de mi madre, que susurra en la cocina. Parece que está dolida o nerviosa, o tal vez las dos cosas. Al principio me entra pánico, pensando que Beto puede estar dentro con ella, pero entonces miro y veo el leve balanceo del cable del teléfono. Está hablando con mi padre, cosa que sabe que desapruebo. Ahora está en Florida; es un pobre pendejo que la llama suplicándole que le mande dinero. Le jura que si se muda allá dejará a la mujer con la que vive. Es mentira, le digo a mi madre, pero ella sigue llamándolo por teléfono. Las palabras de mi padre se le quedan grabadas en la cabeza y no la dejan dormir bien varias noches seguidas. Entreabre la puerta de la nevera para que el ruido del motor camufle la conversación. Me acerco a ella y le cuelgo el teléfono. Ya basta, digo.

Se sobresalta y se lleva una mano a los pliegues que le hace la piel del cuello. Era él, dice en voz baja.

*     *     *

Los días lectivos Beto y yo estamos juntos en la parada, pero tan pronto aparece el autobús escolar por detrás de la cuesta de Parkwood me pongo a pensar en que voy mal en gimnasia y de desastre en matemáticas y lo mucho que odio a todos los maestros que hay en el planeta, sin excepción.

Te veo por la tarde, le dije.

Él ya estaba haciendo cola. Yo me limité a dar un paso atrás y a sonreír con las manos en los bolsillos. Con nuestros conductores de autobús ni siquiera hace falta esconderse. Hay dos a los que les importa un puto carajo y el tercero, el predicador brasileño, está demasiado ocupado hablando de la Biblia como para fijarse en nada que no sea el tránsito que tiene por delante.

Si no se tiene carro, hacer novillos no es cosa fácil, pero yo me las arreglaba. Veía mucha televisión y cuando me aburría me iba a la galería comercial o a la biblioteca de Sayreville, donde se pueden ver documentales gratis. Siempre volvía al barrio tarde, para que no me vieran cuando el autobús llegaba a Ernston y así nadie me podría gritar por la ventanilla: ¡Pendejo! Normalmente Beto estaba en casa o había bajado a los columpios, pero había veces en que no se le veía por ninguna parte. Tenía muchos amigos que yo no conocía, un negro bien jodido de Madison Park, dos hermanos que se pasaban la vida en los clubs de moda de Nueva York, y que se gastaban mucho dinero en zapatos de plataforma y mochilas de cuero. Entonces les dejaba recado a sus padres y seguía viendo la televisión. Al día siguiente me lo volvía encontrar en la parada del autobús, fumando un cigarrillo y demasiado cansado como para contarme lo que había hecho el día anterior.

Tienes que aprender a recorrer mundo, me decía. Hay mucho que ver por ahí.

\*     \*     \*

Algunas noches los muchachos y yo íbamos en carro a New Brunswick. Es una ciudad chévere. El Raritan baja con tan poco caudal y con tantos residuos sólidos que se puede caminar sobre sus aguas sin necesidad de ser Jesucristo. Paramos en el Melody y en el Roxy para mirar a las estudiantes universitarias. Bebemos en cantidad y después salimos a bailar a la pista. Nunca baila con nosotros ninguna chica, pero una mirada o un roce nos bastan para estar horas hablando pendejadas.

Cuando cierran los clubs vamos al Franklin Diner y nos hartamos de tortillas y cuando se nos termina el paquete de cigarrillos nos vamos a casa. Danny se queda dormido en el asiento de atrás y Alex baja la ventanilla del carro para que le dé el aire en los ojos. Más de una vez se ha quedado dormido mientras manejaba; ya ha destrozado dos carros, éste es el tercero. Por las calles no se ven estudiantes ni gente del lugar y nos saltamos todos los semáforos, estén en verde o en rojo. Al llegar a la carretera del Puente Viejo paramos junto al bar de maricones. Hay patos por todo el estacionamiento, tomando tragos y charlando.

A veces Alex se para al borde de la carretera y dice: Oiga, disculpe. Y cuando se acerca alguien desde el bar le apunta con la pistola de plástico, sólo para ver si el tipo sale corriendo o si se caga en los pantalones. Esta noche se limita a sacar la cabeza por la ventanilla para gritar: ¡Vete al carajo, maricón! Y se tira de espaldas en el asiento, muerto de risa.

Muy original, digo.

Vuelve a sacar la cabeza por la ventana. ¡Mámame la pinga!

Sí, mascula Danny desde atrás. Mámamela.

*       *       *

Dos veces en total. Eso fue todo.

La primera vez fue a finales de verano. Acabábamos de volver de la piscina y estábamos viendo un video porno en el apartamento de sus padres. A su padre lo ponían como loco aquellas cintas y las encargaba a mayoristas de California y de Grand Rapids. Beto me explicaba que su padre las veía en pleno día, sin que le importara un carajo su madre, que no salía de la cocina y tardaba horas en preparar una olla de arroz con gandules. Beto se sentaba junto a su padre y ninguno de los dos decía ni palabra, excepto para reírse cuando a alguna fulana le caía un chorro de leche en un ojo o en la cara.

Llevábamos como una hora viendo la última película que le habían enviado, una vaina que parecía que la hubieran rodado en el apartamento de al lado, cuando de repente Beto me metió una mano por debajo del pantalón. ¿Qué coño estás haciendo? le pregunté, pero siguió adelante. Su mano tenía un tacto seco. Yo seguí con la vista fija en el televisor, demasiado asustado como para mirar lo que me hacía. Me vine enseguida, dejando una mancha en la funda de plástico del sofá. Me entró un temblor de piernas y unas ganas repentinas de salir de allí. No me dijo nada cuando me largué; siguió allí sentado, mirando fijamente la pantalla.

Al día siguiente me llamó por teléfono y cuando oí su voz me mostré normal pero no quise bajar a la galería comercial ni a ningún otro lugar. Mi madre se dio cuenta de que algo andaba mal y empezó a sonsacarme, pero la mandé a la mierda y le dije que me dejara en paz. Mi padre, que estaba en casa de visita, se levantó del sofá y me dio una galleta. Me pasaba mucho rato en el sótano, aterrado ante la posibilidad de volverme anormal, de convertirme en un maricón de mierda, pero Beto era mi mejor amigo y por aquel entonces aquello me importaba más que ninguna otra cosa. Aquella idea fue lo único que logró hacerme salir del apartamento e ir a la piscina por la noche. El ya estaba allí, su cuerpo fofo y blancuzco sumergido en el agua. Hola, dijo. Estaba empezando a preocuparme por ti.

No hay nada de que preocuparse, dije yo.

Estuvimos nadando, sin hablar mucho, y al cabo de un rato vimos cómo unos empleados del Skytop le quitaban la parte superior del bikini a una muchacha lo bastante estúpida como para andar por allí sola. Dénmelo, decía ella, cubriéndose, pero los muchachos soltaban gritos y hacían bailar la prenda por encima de su cabeza, con los lazos satinados colgando a una altura que ella no podía alcanzar. Cuando le empezaron a dar pellizcos en los brazos, la muchacha se alejó, y ellos empezaron a ponerse la pieza sobre sus pechos planos.

Beto me oprimió el hombro con la palma de la mano; mi pulso respondió a la presión como un código cifrado. Vamos, dijo. A menos, por supuesto, que no te sientas bien.

Me siento bien, dije.

Como sus padres trabajaban por las noches, el sitio era prácticamente nuestro hasta las seis de la mañana. Nos sentábamos delante del televisor, cubiertos con toallas, y él apretaba las manos contra mis muslos y mi abdomen. Si quieres paro, decía, y yo no le respondía. Cuando me venía, él descansaba la cabeza en mi regazo. Yo no estaba ni dormido ni despierto, sino perdido en una zona intermedia, balanceándome suavemente hacia delante y hacia atrás, como la basura que flota en la orilla del mar, meciéndose entre la espuma. Beto se va en tres semanas. No me puede tocar nadie, me decía una y otra vez. Habíamos ido a visitar su universidad y vimos que tenía un campus muy lindo, lleno de estudiantes que iban y venían entre las aulas y los dormitorios. Me acordé de que en la escuela secundaria a los maestros les encantaba convocar a los alumnos en la sala de profesores cada vez que despegaba una nave espacial de Florida. Un día estábamos allí con un profesor que venía de una familia cuyo apellido había servido para dar nombre a dos escuelas primarias. El maestro nos decía que éramos como naves espaciales. Algunos de ustedes alcanzarán el objetivo. Entonces entrarán en órbita. Pero la mayoría se irán quemando poco a poco hasta consumirse por completo, sin llegar a ninguna parte. Dejó caer la mano encima del escritorio. Yo mismo noto que voy perdiendo altitud y fuerza, y que por debajo de mí se extiende la superficie de la tierra, dura y luminosa.

Yo tenía los ojos cerrados y la televisión estaba encendida cuando de repente se abrió con gran estrépito la puerta de la sala. Beto se sobresaltó, y yo casi me arranco la pinga de cuajo al tratar de poner los pantalones cortos en su sitio. Ah, es el vecino, dijo Beto soltando una carcajada. El se reía, pero yo mascullaba: Mierda, mientras intentaba subirme los pantalones.


Creo que lo vi en el Cadillac gigantesco de su padre, camino de la autopista, pero no estoy completamente seguro. Lo más probable es que hayan vuelto a empezar las clases. Yo vendo droga cerca de casa, siempre paseando de un extremo a otro del mismo callejón en que los muchachos beben y fuman marihuana. Los tígueres me gastan bromas, me dan palmadas en la espalda, a veces con tanta fuerza que parece que me quieren tirar por tierra. Ahora que han abierto varios centros comerciales a lo largo de la Ruta 9, hay mucha gente que trabaja a tiempo parcial. Se ven muchachos fumando marihuana con el delantal puesto; de los bolsillos les cuelgan las etiquetas con sus nombres impresos.

Cuando llego a casa tengo los tenis tan sucios que cojo un cepillo de dientes viejo para arrancar la porquería que se ha pegado a las suelas y la voy echando por el sumidero de la bañera. Mi madre tiene las ventanas abiertas de par en par y la puerta apuntalada para que no se cierre. Así se está bastante fresco, explica. Ha hecho la cena: arroz y habichuelas, queso frito, tostones. Mira lo que he comprado, dice, enseñándome un par camisetas azules. Vendían dos por el precio de una, así que te las compré. Pruébatelas.

Me pruebo una y me queda estrecha, pero da igual. Mi madre enciende el televisor; dan una película doblada al español, un clásico, algo que conoce todo el mundo. Los actores se mueven con apasionamiento, pero los diálogos son forzados y aburridos. Es difícil imaginarse a nadie que lleve una vida semejante. Me saco del bolsillo un fajo de billetes arrugados. Mi madre me lo quita y empieza a alisar los billetes con los dedos. Alguien que trata su plata de esta manera no merece gastársela, dice.

Vemos la película, y las dos horas que compartimos nos hacen sentirnos más cercanos. Apoya su mano en la mía. Casi al final de la película, justo en el momento en que nuestros héroes están a punto de caer abatidos por una ráfaga de balas, se quita los lentes y se da masaje en las sienes. La luz cambiante del televisor se refleja en su cara. Mira la pantalla un minuto más y entonces le cae la barbilla sobre el pecho. Casi inmediatamente le empiezan a temblar las pestañas, como un semáforo silencioso. Está soñando. Sueña que está en Boca Ratón, paseando con mi padre bajo las jacarandás. No puedes quedarte siempre en el mismo sitio, solía decir Beto. Me lo dijo el día que fui a despedirme de él. Me hizo un regalo, un libro, y cuando se fue lo tiré, sin siquiera molestarme en abrirlo y leer la dedicatoria.

Le dejo que duerma hasta que termina la película, y cuando la despierto sacude la cabeza, haciendo una mueca de dolor. Más vale que compruebes las ventanas, dice. Le prometo que lo haré.

# Boyfriend

Debí haber sido más cuidadoso con la marihuana. A la mayoría de la gente les pone locos. A mí me pone sonámbulo. Imagínense que me desperté en el vestíbulo de nuestro edificio con la sensación de que me había pasado por encima desfilando la banda de música de mi escuela. Me habría quedado toda la maldita noche allí tirado si no hubiera sido porque los vecinos del apartamento de abajo habían tenido una gran pelea a las tres de la mañana. Yo estaba demasiado frito como para moverme, al menos de inmediato. Boyfriend estaba intentando zafarse a Girlfriend diciendo que necesitaba espacio, y ella le decia: Hijo de la gran puta, te voy a dar todo el espacio que necesitas. Yo conocía un poco a Boyfriend. Lo veía en los bares y también había visto a algunas de las muchachas que llevaba a casa cuando no estaba Girlfriend. El sólo quería más espacio para engañarla. Está bien, decía él, pero cada vez que se acercaba a la puerta ella se ponía a llorar y a decir: ¿Por qué me haces esto? Me recordaban mucho a mi mismo y a mi antigua novia, pero había jurado solemnemente nunca más volver a pensar en el trasero de Loretta, aunque cada vez que me cruzaba en la ciudad con una latina con perfil de Cleopatra, me paraba en seco y sentía un deseo irresistible de que Loretta quisiera volver conmigo. Cuando Boyfriend llegó al vestíbulo yo ya estaba en mi apartamento. Girlfriend no paraba de llorar. Sólo se interrumpió dos veces, seguramente porque me oiría hacer ruido justo encima de donde se encontraba; las dos veces aguanté la respiración hasta que la oí llorar de nuevo. Se metió en el baño y la seguí. Nos separaban un piso, unos cables y unas tuberías. Ella repetía: Ese puto pepetón, y se lavaba la cara una y otra vez. Si no estuviera tan acostumbrado se me habría partido el corazón. Seguramente ya no me afectaban aquellas cosas. Igual que las morsas tienen una capa de grasa, yo tengo un revestimiento de cuero alrededor del corazón.

Al día siguiente le conté a mi pana Harold lo que había pasado y él dijo peor para ella.

Me imagino.

Si no llego a tener mis propios problemas con las mujeres te propondría que fuéramos a consolar a la viuda.

No es nuestro tipo.

¿Cómo que no, coño?

Girlfriend era demasiado bonita, tenía demasiada clase para un par de brutos como nosotros. Jamás había visto que llevara una camiseta o que fuera sin prendas. Y su novio, olvídate. Ese negro podría haber sido modelo; coño, los dos podrían haber sido modelos, y lo más seguro es que lo fueran, teniendo en cuenta que nunca les oí hablar del trabajo ni maldecir de ningún jodido jefe. Para mí la gente así es intocable; se han criado en otro planeta y luego los han transplantado a mi vecindario para recordarme lo mal que vivo. Lo peor era lo mucho que hablaban en español. Nunca tuve una novia que hablara en español, ni siquiera Loretta, que se comportaba en todo como si fuera puertorriqueña. La que más se acercó fue la muchacha negra que había vivido tres años en Italia. Le gustaba contarme aquellas pendejadas en la cama, y un día me dijo que salía conmigo porque le recordaba a unos sicilianos que había conocido, y ése fue el motivo por el que no la volví a llamar nunca.

Aquella semana Boyfriend vino un par de veces para recoger sus cosas y también para rematar el trabajo, supongo. Era un pendejo engreído. Escuchaba hasta el final cuanto Girlfriend le tuviera que decir, argumentos que ella había tardado horas en elaborar, y cuando terminaba, soltaba un suspiro y decía que daba igual, que él necesitaba su propio espacio, punto. Ella lo dejaba singársela cada vez que iba, tal vez con la esperanza de que se quedara, pero ya se sabe que cuando alguien coge un poco de velocidad con la intención de escapar, no hay ninguna treta en este mundo que consiga retenerlo. Yo escuchaba lo que decían, que era algo así como: Maldita sea, no hay nada más triste que estos polvos de despedida. Eso lo sé yo muy bien. Loretta y yo nos echamos unos cuantos de esos. La diferencia estaba en que nosotros no hablábamos tanto como ellos. No nos contábamos lo que habíamos hecho durante el día. Ni siquiera cuando estábamos a gusto juntos. Nos tumbábamos y nos quedábamos escuchando los ruidos que llegaban del mundo exterior, las voces que daban los muchachos en la calle, los carros que pasaban, el murmullo de las palomas. Por aquella época yo no tenía la menor idea de lo que pensaba Loretta, pero ahora sé muy bien cómo rellenar los espacios en blanco de su pensamiento. Escapar. Escapar.

A aquellos dos les había dado por el cuarto de baño. Cada vez que Boyfriend iba a verla, acababan allí dentro.

Lo cual me parecía de perlas; era donde mejor podía oír-
los. No sé por qué empecé a fijarme en los detalles de la
vida de Girlfriend; el caso es que me pareció bien hacerlo.
Casi siempre he pensado que la gente, incluso en sus momentos peores, es más aburrida que el carajo. Supongo
que no tendría nada mejor que hacer. Sobre todo, no había ninguna mujer en mi horizonte. Me había tomado un
descanso; quería hacer tiempo hasta que la marea se llevara lejos de mi vista los últimos restos del naufragio de
Loretta.

El cuarto de baño. Girlfriend soltaba mil palabras por
minuto para hacer el informe de cómo le había ido el día.
Que si había visto una pelea a puñetazos en la línea C del
subway, que si alguien le había dicho que le gustaba el
collar que se había puesto. Boyfriend, con su voz suave y
profunda a lo Barry White, se limitaba a decir: Sí. Sí. Sí.
Se duchaban juntos y si no se oía hablar a Girlfriend, es
que estaba ocupada haciéndole una mamada. Lo único
que se oía entonces era el chorro de agua al chocar contra el fondo de la bañera y a Boyfriend diciendo: Sí. Sí.
Pero era evidente que ya no iba a aguantar mucho
tiempo yendo por allí. Era uno de esos bróders de piel
morena y cara bonita por el que las mujeres están dis-
puestas a matar. Sé muy bien, después de haberlo visto
entrar en acción en los locales del barrio, que le gustaba
que se lo dieran las blancas. Girlfriend no sabía nada de
sus incursiones en Rico Suave. Eso la habría destrozado.
Antes yo creía que las leyes del barrio eran otras: negros
y latinos sí, blancos no —un lugar al que se supone que
no íbamos la gente conciencida. Pero el amor te da lec-
ciones. Te despeja la cabeza de normas. Loretta empezó a
salir con un italiano que trabajaba en Wall Street. Cuando me habló de él todavía andábamos juntos. Estábamos
en el Promenade y me dijo: Me gusta. Trabaja duro.

Por muy forrado de cuero que se tenga el corazón, duele oír una cosa así.

Un día, después de ducharse juntos, Boyfriend no volvió nunca más. Ni una llamada telefónica, nada de nada. Ella empezó a llamar por teléfono a todas sus amistades, incluyendo gente con la que no hablaba desde hacía siglos. Yo sobreviví gracias a mis panas; no me hizo falta pedir ayuda a nadie. A la gente le resulta muy fácil decir: Olvídate de esa puta barata. No es la clase de mujer que te conviene. Mira lo liviano que estás así. Sin duda ella ya andaba a la caza de alguien más ligero.

Girlfriend se pasaba la mayor parte del tiempo llorando, en el baño o delante del televisor. Yo me pasaba todo el tiempo escuchándola y buscando trabajo por teléfono. O fumando y bebiendo. Una botella de ron y una docena de Presidentes a la semana.

Una noche tuve los cojones de invitarla a un café en mi casa. Reconozco que fui un poco aprovechado. Ella no había tenido mucho contacto humano en todo el mes, excepción hecha del repartidor del restaurante japonés, un colombiano a quien yo siempre saludaba, así que ¿qué podía contestarme ella? ¿Que no? Pareció alegrarse cuando le dije quién era, y cuando abrió la puerta me sorprendió verla bien vestida y muy atenta. Me había dicho que subiría enseguida y cuando se sentó en frente de mí en la mesa de la cocina vi que se había puesto maquillaje y una cadena con una rosa de oro.

Tu apartamento tiene más luz que el mío, dijo.

Lo cual fue un detalle agradable. La luz era prácticamente lo único que había en mi apartamento.

Puse un disco de Andrés Jiménez especialmente para ella. Ya saben: *Yo quiero que mi Borinquén sea libre y soberana,* y luego nos acabamos una cafetera entre los dos. El Pico, le dije. Sólo lo mejor. No teníamos mucho de qué hablar. Ella estaba deprimida y cansada y yo tenía unos gases como no los he tenido en mi vida. Me tuve que excusar dos veces. Dos veces en una hora. Ella debió de pensar que yo era más raro que el carajo, pero las dos veces al salir del baño me la encontré mirando fijamente su café, igual que hacen las que leen la taza allá en la Isla. Tanto llorar la había puesto más bonita. Pasa a veces cuando se sufre. Menos a mí. Loretta se había ido hacía meses y yo seguía teniendo un aspecto espantoso. La presencia de Girlfriend en mi apartamento me hacía sentirme más abandonado todavía. Agarró una semilla de marihuana que había en una grieta de la mesa y sonrió.

¿Fumas? le pregunté.

Me ayuda a no pensar, dijo.

A mí me pone sonámbulo.

Eso se cura con miel. Es una vieja receta caribeña. Yo tenía un tío sonámbulo. Empezó a tomarse una cucharadita por las noches y se le pasó.

Coño, dije yo.

Por la noche puso una cinta *free-style,* puede que de Noël; seguí sus desplazamientos por el apartamento. Si llego a saber bailar, no la habría dejado escapar.

Jamás probé el remedio de la miel y ella nunca regresó. Cuando me la cruzaba en la escalera nos saludábamos, pero ella nunca se paraba á charlar, nunca sonreía ni me daba ninguna señal alentadora. Lo tomé como un indicio muy claro. A fin de mes apareció con el pelo cortísimo. No más tenazas, no más peines de ciencia ficción. Me gusta como te queda, le dije. Yo volvía de la licorería y ella salía a la calle con una amiga.

Te da un aspecto salvaje.

Sonrió. Justo lo que quería al hacerme este peinado.

# Edison, New Jersey

La primera vez que intentamos entregar la Gold Crown, las luces de la casa están prendidas pero nadie nos abre. Aporreo la puerta delantera y Wayne golpea la de atrás; oigo cómo el doble tamborileo agita las ventanas. En aquel preciso instante tengo la sensación de que hay alguien dentro, riéndose de nosotros.

Más le vale a este tipo que tenga una buena excusa, dice Wayne, moviéndose pesadamente entre los rosales recién plantados. Esto es una mierda.

Cuéntamelo a mi, digo yo, pero es Wayne quien se toma este trabajo con demasiada seriedad. Vuelve a golpear la puerta, el rostro tembloroso. También golpea un par de veces en el cristal de las ventanas, intentando atisbar por entre las cortinas. Yo adopto una actitud más filosófica; camino hasta la zanja que han abierto junto a la carretera, una tubería de desagüe medio inundada, y me siento. Enciendo un cigarrilio y me quedo observando cómo una mamá pata y sus tres patitos picotean entre la hierba de la orilla y luego salen nadando corriente abajo como unidos por un cordel. Qué lindo, digo, pero Wayne

no me oye. A las nueve Wayne me recoge delante del salón de muestras y para entonces yo ya tengo planeado el
itinerario. En las hojas de pedido figura todo lo que necesito saber de los clientes con los que voy a tratar ese
día. Si alguien ha encargado simplemente una mesa de barajas de cincuenta y dos pulgadas, por una parte se sabe
que no te van a causar muchos problemas, pero tampoco te van a dar mucha propina. Esos son los pedidos
de Spotswood, Sayreville y Perth Amboy. Las mesas
de billar van a los barrios residenciales de la gente de dinero, Livingston, Ridgewood, Bedminster. También Long
Island.

Tendrían que ver cómo son nuestros clientes. Médicos, diplomáticos, cirujanos, rectores de universidad, se-
ñoras con pantalones amplios y corpiños de seda que
llevan unos relojes de pulsera extraplanos que valen
tanto como un carro y zapatos de cuero comodísimos. La
mayoría se prepara para recibirnos haciendo un pasillo
con hojas del *Washington Post* del día anterior que va
desde la puerta principal hasta la sala de juegos. Yo les
obligo a que lo quiten todo. Digo: Carajo, ¿y si nos resba-
lamos qué? ¿Sabe usted el daño que pueden ocasionar
doscientas libras de pizarra en el piso? Ante la amenaza
de los desperfectos reaccionan, recurriendo al sentido común. Los mejores clientes nos dejan en paz hasta que
llega el momento de firmar la factura. De vez en cuando
nos dan agua en vasos de papel. Poca gente nos ha ofre-
cido algo más, aunque una vez un dentista de Ghana nos
trajo una caja de seis Heineken mientras hacíamos el trabajo.

A veces el cliente tiene que ir a toda prisa a comprar
el periódico o comida para el gato mientras nosotros estamos en plena faena. Seguro que no tienen ningún
problema, dicen. No parecen demasiado convencidos.

Descuide, digo yo. Sólo díganos dónde está la cubertería de plata. Los clientes sueltan una carcajada, nosotros otra y entonces se apodera de ellos una angustia que les dificulta el irse. Se quedan merodeando junto a la puerta principal, tratando de memorizar cuanto poseen, como si no supieran dónde pueden encontrarnos, para quién coño trabajamos.

Una vez que se han ido, no tengo que preocuparme de que nadie me moleste. Dejo la llave en el piso, me estrello los nudillos y husmeo por la casa, normalmente mientras Wayne alisa el tapete, trabajo para el que no precisa mi ayuda. Yo cojo galletas de la cocina, cuchillas de afeitar de los armarios del cuarto de baño. Algunas casas tienen veinte o treinta habitaciones. En el camino de vuelta me pongo a pensar en el botín que cabe en tanto espacio. Muchas veces me han sorprendido husmeando por la casa y resulta increíble ver lo dispuestos que están a creer que uno está buscando el cuarto de baño si cuando te descubren no te sobresaltas y te limitas a saludar.

Una vez que han firmado los papeles tengo que tomar una decisión. Si el cliente se ha portado bien y ha dado una buena propina, estamos en paz y nos podemos ir. Si el cliente se ha portado como un pendejo —porque nos ha gritado o ha consentido que los niños nos tiren pelotas de golf— pregunto dónde está el baño. Wayne hace como que nunca me ha visto actuar así. Se pone a contar las muescas del taladro mientras el cliente (o la sirvienta) pasa la aspiradora por el piso. Diculpe, digo. Les dejo que me indiquen dónde está el baño, aunque normalmente ya lo sé, y cuando cierro la puerta me lleno los bolsillos de jabón de bola para el baño y arrojo pelotas de papel higiénico del tamaño de un puño en el inodoro. Si puedo vacío el vientre y les dejo un recuerdo.

Wayne y yo trabajamos juntos casi siempre. El se en-
carga de manejar y de cobrar y yo cargo los bultos y me
ocupo de tratar con los pendejos. Esta noche vamos a
Lawrenceville y quiere hablarme de Charlene, una de las
chicas que trabajan en el salón de ventas, una que tiene
los labios perfectos para hacer mamadas. Hace meses que
no quiero hablar de mujeres, desde lo de mi novia.

Tengo muchas ganas de tirármela, me dice. A lo mejor encima de una mesa modelo Madison.

Pero muchacho, digo, clavándole la vista. ¿Tú no estás casado?

Se queda callado. De todos modos me gustaría tirármela, dice a la defensiva.

¿Y eso qué te hace?

¿Es que me tiene que *hacer* algo?

Este año Wayne ha engañado a su esposa dos veces y
me lo ha contado con todo lujo de detalles, incluido el
antes y el después. La última vez su esposa casi lo bota a
la puta calle. En mi opinión ninguna de las dos mujeres
valía nada. Una de ellas era más joven todavía que Charlene. A veces a Wayne le da por ponerse lúgubre y esta
noche le toca; se recuesta en el asiento del conductor y va
dando bandazos por entre el tránsito, acercándose mu-
chísimo a los parachoques de otra gente, cosa que siempre le digo que no haga. No tengo ninguna necesidad de
colisiones ni de curas de silencio de cuatro horas, así que
intento olvidarme de que pienso que su esposa es buena
gente y le pregunto si Charlene ha dado alguna muestra
de interés.

Aminora la velocidad del camión. Ha dado unas
muestras como tú no las creerías, dice.

Los días que no hacemos reparto el jefe nos pone a
trabajar en el salón de muestras, vendiendo naipes, fichas de póker y tableros de mankala. Wayne se pasa todo

el tiempo persiguiendo a las dependientas y limpiando el polvo de las estanterías. Es un zángano grandullón; no entiendo cómo puede gustar a las muchachas. Uno de los misterios del universo. El jefe me asigna la parte delantera de la tienda, lejos de las mesas de billar. Sabe que hablo con los clientes, diciéndoles que no compren los modelos baratos. Les digo vainas como: No se le ocurra comprarse una Bristol. Espere hasta que pueda costearse algo de verdad. Sólo cuando necesita mis conocimientos de español me permite ayudarle con las ventas. Como no se me da bien limpiar ni vender las máquinas tragaperras, me agacho por detras de la caja registradora central y me dedico a robar. No registro ninguna venta y me meto en el bolsillo todo el dinero que entra. No se lo digo a Wayne. Está demasiado ocupado rascándose la barba incipiente y componiéndose los rizos de su lanosa cabeza. Un botín de cien dólares no es infrecuente y antes, cuando me venía a buscar la novia, le compraba cuanto quería, vestidos, anillos de plata, ropa interior. A veces me lo gastaba todo en ella. No le gustaba que robara, pero coño, tampoco vivíamos a costa del saqueo y a mí me gustaba entrar en los sitios y decir: Muchacha, escoge lo que quieras, es tuyo. Es la vez que más cerca he estado de sentirme rico.

Ultimamente me voy a casa en autobús y guardo la plata para mí. Me siento al lado de una muchacha rockera que pesa trescientas libras y trabaja lavando platos en Friendly's. Me cuenta cómo mata las cucarachas con la ducha del fregadero. Les arranca las alas con el agua hirviendo. El jueves me compro billetes de lotería: diez números sueltos y un par de cuádruples. Ni me molesto por las cosas más menudas.

\*    \*    \*

La segunda vez que traemos la Gold Crown, la gruesa cortina que se ve al lado de la puerta se abre como un abanico español. Una mujer me mira fijamente; Wayne no la ve porque está ocupado llamando a la puerta. Muñeca, digo. Es una muchacha negra, que no sonríe; la cortina que nos separa cae rozando el cristal. Vi que llevaba una camiseta en la que ponía *No problem*, y no tenía pinta de ser la propietaria del lugar. Más bien parece que trabaja allí. Por su aspecto no puede tener más de veinte años y me la imagino tan flaca de cuerpo como de cara. Nuestras miradas se cruzaron durante un segundo como máximo, así que no me dio tiempo a fijarme en la forma de sus orejas ni en si tenía los labios agrietados. Otras veces me he enamorado por menos.

Más tarde, en el camión, camino de vuelta al salón de muestras, Wayne murmura: Ese tipo está muerto. Lo digo en serio.


La novia llama alguna vez, no con mucha frecuencia. Tiene otro novio, un zángano que trabaja en una tienda de discos. Se llama *Dan* y su modo de pronunciarlo, con un acento gringo que hace daño, me hace entrecerrar los ojos. La ropa que estoy seguro que ese fulano le quita cuando vuelven a casa de trabajar —las gargantillas, las faldas de rayón que le he comprado en Warehouse, la ropa interior— la pagué yo con dinero robado y me alegro de no haberlo ganado destrozándome la espalda bajo el peso de cientos de libras de pura roca. Me alegro un montón.

La última vez que la vi en persona fue en Hoboken. Estaba con el tal *Dan* y aún no me había dicho nada de él y se pasó al otro lado de la calle con sus zapatos de plataforma para no cruzarse conmigo y con mis panas, que incluso así pudieron darse cuenta de cómo cambiaba, cómo me convertía en un hijo de puta capaz de meterle el puño a cualquier cosa. Ella me saludó con la mano en alto desde lejos, pero no se paró. Un mes antes de lo del zángano, fui a verla a su casa, a hacer una visita amistosa, y sus padres me preguntaron qué tal los negocios, si me cuadraban las cuentas o algo así. Los negocios van fabuloso, digo.

Cuánto me alegra oír eso, dice el padre.

Pues claro.

Me pide que le ayude a cortar el césped y mientras vamos llenando el depósito con la hierba cortada me ofrece trabajo. Un empleo de verdad para que empieces sobre una base sólida. Mantenimiento, dice, nada de que avergonzarse.

Más tarde los padres se van a la sala de juegos, a ver cómo pierden los Giants, y ella me lleva a su cuarto de baño. Se pone maquillaje porque vamos a ir a ver una película. Como amigos. Si yo tuviera tus pestañas, sería famosa, me dice. Los Giants empiezan a perder por una puntuación importante. Todavía te quiero, dice, y me siento avergonzado por los dos, de la misma manera que me sentía avergonzado cuando veía los programas de televisión que ponían por la tarde en los que aparecían parejas separadas y familias desdichadas que abrían su corazón en público.

Somos amigos, digo yo, y ella dice: Sí, sí lo somos.

No hay mucho espacio, de modo que tengo que poner los talones en el borde de la bañera. La cruz que le regalé pende de la cadena de plata y no me queda otro remedio que metérmela en la boca para que no me vacíe un ojo. Cuando terminamos no me queda sangre en las

piernas. Son dos palos de escoba que emergen de entre
mis pachucos caídos. Siento su aliento cada vez con menos fuerza sobre mi cuello, mientras dice: Sí, todavía sí.


Siempre que cobro agarro la calculadora y hago estima-
ciones sobre cuánto tiempo tardaría en pagarme una
mesa de billar honradamente. Una de primera calidad,
con tres piezas de pizarra, no sale barata. Hay que comprar los tacos y las bolas y la tiza y un marcador y triángulos y puntas francesas si se es un jugador de clase. Dos
años y medio si renuncio a la ropa interior y sólo como
pasta, pero incluso esa cifra es falsa. El dinero nunca me
ha durado, nunca.

La mayoría de la gente no es consciente de lo sofisti-
cadas que son las mesas de billar. Sí, las mesas tienen tornillos y abrazaderas metálicas en las bandas, pero estas
hijas de puta se sujetan por la acción de la gravedad y por
la precisión con que las construyen. Si se la trata con cuidado una buena mesa vive más tiempo que una persona.
Créanme. Así se construían las catedrales. Hay carreteras
incas en los Andes en las que incluso hoy día es imposible meter un cuchillo entre los adoquines. El sistema de
alcantarillado que construyeron los romanos en Bath era
tan bueno que no lo reemplazaron hasta la década de
1950. Ese es el tipo de cosas en que creo.

Estos días sería capaz de construir una mesa de billar
con los ojos cerrados. Dependiendo de la prisa que tuviéramos incluso la podría construir yo solo; Wayne se podría quedar mirando con los brazos cruzados hasta que
me hiciera falta ayuda para colocar la lámina de pizarra.
Es mejor no tener a los clientes delante de nuestras nari-
ces, no tener que ver cómo reaccionan una vez que hemos terminado, cómo pasan los dedos sobre la superficie

barnizada de los bordes, tragándose el aliento, el tapete tan tenso que sería imposible darle un pellizco por más que uno lo intentase. Magnífico, suelen decir, y nosotros siempre asentimos, con los dedos manchados de talco, y volvemos a asentir. Magnífico.

El jefe casi nos revienta el culo a patadas por culpa de la Gold Crown. El cliente, un pendejo que responde al nombre de Pruitt, llamó hecho una furia, diciendo que éramos delincuentes. Sabemos que eso es lo que nos llamó el cliente porque el jefe no utiliza palabras así. Mire, jefe, le dije yo, estuvimos llamando como locos. Quiero decir que tocamos en la puerta como si fuéramos agentes federales. Como Paul Bunyan. El jefe no se lo tragaba. Cabrones, decía. Culos de cerdo. Soltó una retahíla de insultos que duró más de dos minutos y después *nos botó*. Convencido de que me había quedado sin trabajo, me pasé casi toda la noche chupando, acariciando la fantasía de que algún día, estando completamente quemados mis panas y yo, me tropezaría con aquel cabrón en compañía de la muchacha negra, pero a la mañana siguiente volvió a aparecer Wayne con la Gold Crown. Los dos teníamos resaca. Una vez más, dijo él. Entrega especial, sin tiempo extra. Estuvimos aporreando la puerta por espacio de diez minutos, pero no contestó nadie. Hice palanca en las ventanas y en la puerta trasera y habría jurado que había oído a la mujer tras la puerta del patio. Toqué con fuerza y pasos, oí pasos.

Llamamos por teléfono al jefe y le contamos lo que pasaba y el jefe llamó por teléfono a la casa, pero no contestó nadie. Okei, dijo el jefe. Terminen de preparar esas mesas de barajas. Aquella noche, mientras hacíamos cola para que nos entregaran los papeles con el trabajo del día siguiente, recibimos una llamada telefónica de Pruitt y no empleó la palabra *delincuente*. Quería que volviéramos a última hora de la noche, pero teníamos el horario completo. Hay una lista de espera de dos meses, le recordó el jefe. Miré a Wayne, preguntándome cuánto dinero le estaría echando aquel tipo al jefe en el oído. Pruitt dijo que estaba *contrito* y *resuelto* y nos pedía que volviéramos. Nos aseguró que la sirvienta nos permitiría entrar.

¿Qué mierda de nombre es Pruitt? me pregunta Wayne cuando entramos en el bulevar.

Nombre de pato, digo. Anglo o alguna otra raza surgida de las ciénagas.

Probablemente un puto banquero. ¿Cuál es su nombre de pila?

Sólo una inicial, C. Algo así como Clarence Pruitt, seguro.

Sí, Clarence, dice Wayne con una mueca de asco.

Pruitt. La mayor parte de nuestros clientes tienen apellidos de ese tipo, como los que aparecen en los juicios famosos —Wooley, Maynard, Gass, Binder— pero la gente de por donde vivo yo, nuestros nombres sólo los llevan los convictos o aparecen por parejas en los combates de boxeo.

Nos tomamos nuestro tiempo. Vamos al Rio Diner, y nos soplamos una hora de tiempo y toda la plata que llevamos en los bolsillos. Wayne está hablando de Charlene y yo tengo la cabeza apoyada en una gruesa cristalera.

La zona donde vive Pruitt es de construcción reciente y su patio es el único que está acabado. Por todas partes hay gravilla, que salta a nuestro paso. Se ven los interiores de las casas, nuevas por dentro, con clavos afilados y brillantes clavados en la madera aún fresca. Se ven fundas arrugadas, azules, de material impermeable tapando los cables eléctricos y el yeso reciente. Los caminos de entrada son de lodo y en cada parcela se ven pilas de alfombrillas de césped esperando que las transplanten. Estacionamos delante de la casa de Pruitt y golpeamos la puerta con violencia. Cuando veo que no hay ningún carro en el garaje le lanzo una mirada muy seria a Wayne.

¿Sí? oigo que dice una voz desde dentro.

Venimos a hacer una entrega, voceo.

Se descorre un pestillo, gira un cerrojo y se abre la puerta. Aparece ella, con pantalones cortos de color negro y un reflejo rojo en los labios y yo me pongo a sudar.

Entren, ¿sí? Se hace a un lado de la puerta, manteniéndola abierta.

Tiene acento hispano, dice Wayne.

Coño, digo yo, volviéndome hacia ella. ¿Te acuerdas de mí?

No, dice ella.

Me vuelvo hacia Wayne. ¿Lo puedes creer?

Yo puedo creerme cualquier cosa, muchacho.

¿Tú nos oíste, verdad? El otro día eras tú la que estaba aquí.

Se encoge de hombros y abre más la puerta.

Más vale que le digas que asegure la puerta con una silla. Wayne regresa para abrir el camión.

Tú sujeta esa puerta, digo.


No se puede decir que nos hayan faltado problemas al hacer las entregas. Se averían los camiones. Los clientes cambian de dirección y cuando llegamos nos encontramos las casas vacías. Nos apuntan con armas de fuego. Se

**113**

cae la pizarra, falta un lateral de la mesa. El tapete es de un color distinto al que han encargado, nos dejamos los tacos Dufferin olvidados en el almacén. En los viejos tiempos, mi novia y yo nos inventamos un juego a propósito de todo esto. Un juego de adivinanzas. Por la mañana, recostada en la almohada, volvía la cabeza hacia mí y decía: ¿Hoy qué va a pasar?

Déjame ver. Se ponía el índice en el caballete de la nariz y aquel gesto hacía que le cambiaran de posición los pechos, el pelo. Nunca dormíamos arropados, o por lo menos no dormíamos arropados ni en primavera ni en verano ni en otoño, y nuestros cuerpos se mantenían esbeltos y morenos todo el año.

Veo a un cliente que es un pendejo, murmuraba. Un tránsito insoportable. Wayne va a trabajar a ritmo lento. Y después vuelves a casa conmigo.

¿Me haré rico?

Vuelves a casa conmigo. Es lo mejor que se me ocurre. Y entonces nos besábamos con hambre porque era nuestra manera de querernos.

El juego ocupaba una parte de nuestras mañanas, junto con la ducha y el sexo y el desayuno. Sólo dejamos de jugar cuando nos empezó a ir mal, cuando me despertaba el tránsito y yo no la despertaba a ella, cuando nos peleabamos por todo.


Se queda en la cocina mientras yo hago el trabajo. La oigo canturrear. Wayne sacude la mano derecha como si se hubiera escaldado la punta de los dedos. Sí, es bonita. Está de espaldas a mí. Tiene las manos metidas en un fregadero lleno de agua, cuando entro.

¿Eres de Nueva York?

Gesto afirmativo con la cabeza.

¿De dónde?

De Washington Heights.

Dominicana, digo. Quisqueyana. Asiente. ¿Qué calle?

No sé la dirección, dice. La tengo apuntada. Mi madre y mis hermanos viven allí.

Yo soy dominicano, digo.

No lo pareces.

Me sirvo un vaso de agua. Los dos nos quedamos mirando la parcela enlodada.

Dice: No contesté la puerta porque quería joderlo.

¿Joderlo a quién?

Quiero irme de aquí, dice.

¿Irte de aquí?

Te pagaré el viaje.

Ni lo pienses, dije.

¿No eres de Nueva York?

No.

¿Entonces para qué me pediste mi dirección?

¿Para qué? Tengo familia que vive cerca de allá.

¿Sería mucha molestia?

Le digo en inglés que debería decirle a su jefe que la lleve, pero se me queda mirando fijamente, con una expresión vacía en la cara. Se lo repito en español.

Es un pendejo, dice, poniéndose brava de repente. Dejo el vaso y me acerco hasta donde está ella para enjuagarlo. Mide lo mismo que yo y huele a detergente líquido y tiene unos lunares chiquitos y preciosos en el cuello, un archipiélago que desaparece por debajo de la ropa.

Dame, dice, extendiendo la mano, pero termino de enjuagar el vaso y vuelvo a la sala de juegos.

¿Sabes lo que quiere que hagamos? le digo a Wayne.

Su cuarto está en el piso de arriba, una cama, un clóset, las paredes de papel pintado de amarillo. *El diario* y la edición de *Cosmo* en español tirados en el piso. En el clóset hay cuatro perchas para colgar la ropa, pero sólo está lleno el cajón de la cómoda. Apoyo la mano en la cama; las sábanas de algodón están frescas al tacto.

En el dormitorio de Pruitt hay fotos suyas. Está moreno y probablemente la cantidad de países que ha visitado es superior al número de capitales que soy capaz de nombrar. Fotos suyas de vacaciones, en la playa, de pie junto a un salmón del Pacífico con la boca abierta de par. El tamaño de la bóveda del techo habría hecho sentirse orgulloso a Broca. La cama está hecha y se ven prendas de ropa encima de las sillas y una hilera de zapatos de vestir alineados frente a la pared del fondo. Soltero. Me encuentro una caja de condones Trojan abierta en un cajón de la cómoda, debajo de una pila de calzoncillos. Me guardo un condón en el bolsillo y meto el resto debajo de la cama.

Encuentro a la muchacha en su aposento. Le gusta la ropa, dice ella.

Hábitos del dinero, digo, pero no consigo traducir bien la expresión; acabo por estar de acuerdo con ella. ¿Vas a empacar tus cosas?

Me muestra la cartera. Tengo aquí todo lo que necesito. El resto se lo puede quedar él.

Deberías llevarte algunas cosas.

Me da igual toda esa vaina. Yo sólo quiero irme.

No seas estúpida, le digo. Abro la cómoda y saco los pantalones cortos que hay encima de todo; un puñado de pantis suaves y brillantes caen rozándome la parte delantera de mis jeans. Hay más en el cajón. Intento atraparlos, pero en cuanto toco la tela lo suelto todo.

Déjalo. Vamos, dice, y empieza a guardarlos en la cómoda, con su espalda cuadrada vuelta hacia mí, mientras mueve las manos con suavidad y agilidad.

Mira, digo.

No te preocupes. No levanta la mirada.

Voy al piso de abajo. Wayne está ajustando los tornillos en la pizarra con la Makita. No puedes hacerlo, dice.

¿Por qué no?

Muchacho. Tenemos que acabar esto.

Volveré antes de que te des cuenta. Un viaje rápido, ida y vuelta.

Muchacho. Se pone de pie despacio; casi me dobla la edad.

Me acerco a la ventana y miro al exterior. Se ven hileras de gingkos recién plantados a lo largo del bulevar. Hace mil años, cuando todavía iba a la facultad, leí algo sobre esos árboles. Son fósiles vivientes. No han cambiado desde que aparecieron por primera vez hace millones de años. Te tiraste a Charlene,¿verdad?

Pues claro que sí, responde alegremente.

Cojo las llaves del camión de la caja de herramientas. Vuelvo enseguida, le prometo.


Mi madre todavía tiene fotos de la novia en su apartamento. La novia es muy fotogénica. Hay una foto nuestra en el bar donde le enseñé a jugar al billar. Está apoyada en el Schmelke que robé para ella, un taco que casi vale uno de los grandes, con el ceño fruncido estudiando la tirada que le dejé, y que luego fallaría.

La foto que nos hicimos en Florida es la más grande; está enmarcada, y es de superficie brillante y casi un pie de altura. Se nos ve en traje de baño y a la derecha aparecen las piernas de un desconocido. Está sentada de nal-

gas en la arena, con las rodillas en primer plano, pues sabía que le iba a mandar la foto a mi mamá y no quería
que mi madre la viera en bikini; no quería que pensara
que era una puta. Yo estoy en cuclillas a su lado, sonriendo, con una mano apoyada en su fino hombro, y entre mis dedos aparece un lunar sobre su piel.

Mi madre se niega a mirar las fotos y a hablar de ella
cuando estoy delante, pero mi hermana dice que todavía
llora por causa de nuestra separación. Delante de mí mi
madre se muestra considerada, se sienta en silencio en el
sofá mientras le cuento qué estoy leyendo y cómo me ha
ido el trabajo. ¿Tienes a alguien? me pregunta a veces.

Sí, le digo.

Ella le habla a mi hermana en un aparte, diciendo: En
mis sueños todavía están juntos.


Llegamos al Puente de Washington sin decir una palabra.
Ella ha vaciado los clósets y el refrigerador de Pruitt;
tiene las bolsas a sus pies. Está comiendo unos nachos,
pero yo estoy demasiado nervioso como para acompa-
ñarla.

¿Este camino es el mejor? pregunta. El puente no parece impresionarla.

Es el más corto.

Cierra la bolsa. Eso mismo dijo él cuando llegué el
año pasado. Yo quería ver el campo. De todos modos llo-
vía demasiado como para ver nada.

Tengo ganas de preguntarle si está enamorada de su
patrón, pero en vez de eso le pregunto: ¿Te gustan los Estados Unidos?

Ella voltea la cabeza y se queda mirando los carteles
publicitarios. No hay nada que me resulte sorprendente,
dice.

Hay mucho tránsito en el puente y ella me tiene que dar un grasiento billete de cinco dólares para pagar el peaje. ¿Eres de la capital? pregunto.

No.

Yo nací allá. En Villa Juana. Vine aquí de muy chico.

Ella hace un gesto afirmativo con la cabeza, mirando fijamente hacia el tránsito. Al cruzar el puente le pongo una mano en el regazo. La dejo ahí, con la palma hacia arriba, los dedos ligeramente curvados. A veces simplemente hay que intentarlo, aun sabiendo que no va a resultar. Ella vuelve la cabeza lentamente, mirando a la lejanía, más allá de los cables del puente, hacia Manhattan y el Hudson.

En Washington Heights todo es dominicano. No se puede caminar una cuadra sin pasar por delante de una Repostería Quisqueya o de un Supermercado Quisqueya o de un Hotel Quisqueya. Si tuviera que aparcar el camión nadie me tomaría por un repartidor; podría ser el tipo que está en la esquina vendiendo banderas dominicanas. Podría ir camino de casa a juntarme con mi chica. Todo el mundo está en la calle y las ventanas parecen televisores retransmitiendo programas de merengue. Cuando llegamos a su cuadra le pregunto a un niño que lleva unos pantalones caídos dónde queda el edificio y él señala la entrada con el dedo meñique. Ella sale del camión y se alisa la parte delantera de la sudadera antes de cruzar al otro lado de la calle siguiendo la línea recta que trazó el niño con el dedo. Cuídate, le digo.


Wayne intercede ante el jefe y al cabo de una semana vuelvo, por un período de prueba, y me mandan pintar el almacén. Wayne me trae sándwichs de albóndigas de un local que queda al otro lado de la carretera, unas bolas pequeñas de carne con un costurón de queso pegado al pan.

¿Valió la pena? me pregunta.

Me mira atentamente. Le digo que no.

¿Al menos sacaste algo?

Coño, pues claro.

¿Estás seguro?

¿Por qué iba a mentir en una cosa así? Esa muchacha era una fiera. Todavía tengo las señales de sus mordiscos.

Carajo, dice él.

Le doy con el puño en el brazo. ¿Y cómo les va a ti y a Charlene?

No sé, compadre. Agita la cabeza de un lado para otro y ese ademán me hace imaginármelo solo, rodeado de unas pocas pertenencias, porque su mujer lo ha vuelto a botar de casa. No sé bien qué pasa con ésta.

Una semana después volvemos a salir juntos a la carretera. Buckinghams, Imperiales, Gold Crowns y decenas de mesas para jugar barajas. Conservo una copia de los papeles de Pruitt y cuando por fin me vence la curiosidad llamo por teléfono. La primera vez me salió un contestador. Estamos haciendo una entrega en una casa de Long Island que tiene una vista de la ensenada que te deja sin aliento. Wayne y yo nos fumamos un joint en la playa y yo agarro el caparazón de un cangrejo bayoneta por la cola y lo lanzo contra el garaje del cliente. Dos veces que me tocó volver a la zona de Bedminster llamé y contestó Pruitt: ¿Sí? Pero la cuarta vez contestó ella y se oía el ruido del fregadero. Como no dije nada, colgó.

¿Estaba? me pregunta Wayne, ya en el camión.

Por supuesto que estaba.

Se pasa el pulgar por la parte delantera de la dentadura. Cabía esperarlo. Seguramente estará enamorada del tipo. Ya sabes cómo son estas cosas.

Lo sé muy bien.

No te encojones.

Estoy cansado, eso es todo.

Cansado es como mejor se está, dice. Es la verdad.

Me pasa el mapa y recorro con los dedos el itinerario del reparto, pasando de una ciudad a otra. Parece que ya está todo, digo.

Por fin. Bosteza. ¿Cuál es la primera entrega de mañana?

En realidad no lo sabremos hasta el día siguiente, cuando pongamos los papeles en orden, pero de todos modos hago conjeturas. Es uno de nuestros juegos. Ayuda a pasar el rato y nos hace tener ganas de algo. Cierro los ojos y pongo la mano en el mapa. Hay tantos pueblos y ciudades para elegir. Algunos lugares son una apuesta segura, pero más de una vez he apostado por un sitio remoto y he acertado.

No se pueden imaginar ustedes la de veces que he acertado.

Normalmente el nombre se me ocurre enseguida, igual que saltan las bolas cuando se sortea la lotería, pero esta vez no se me ocurre nada, ni magia ni nada. Puede ser en cualquier parte. Abro los ojos y veo que Wayne todavía está esperando. Edison, digo, haciendo presión con el pulgar. Edison, New Jersey.

# Instrucciones para citas con trigueñas, negras, blancas o mulatas

Espera a que tu hermano y tu madre se vayan del apartamento. Ya les has dicho que te encuentras demasiado enfermo como para ir a Union City a visitar a esa tía tuya a la que le gusta apretarte los cojones. (¡Cómo ha crecido este muchacho! dice siempre). Tu mamá sabía perfectamente que no estabas enfermo, pero insististe tanto que no le quedó más remedio que decir: Está bien; salte con la tuya y quédate, mal criado.

Saca el queso del gobierno de la nevera. Si la muchacha es de la Terraza haz una pila con las cajas y escóndelas detrás de la leche. Si es del Parque o de Society Hill, oculta el queso en el armario que queda encima del horno, allá arriba, donde nunca pueda dar con él. Anota en alguna parte que tienes que sacarlo antes de por la mañana si no quieres que tu madre te reviente el culo a patadas. Retira las fotos donde se ve a tu familia en el campo y que te hacen sentirte tan avergonzado, sobre todo una en que se ven a unos niños medio desnudos que llevan a una chiva atada con una soga. Los niños son primos tuyos y ya tienen la edad suficiente como para comprender por qué haces una cosa así. Esconde las fotos en las que apareces con un afro. Comprueba que el cuarto de baño está presentable. Pon el safacón con todo el papel higiénico usado debajo del lavamanos. Rocíalo con Lysol y después cierra el armario.

Dúchate, péinate, vístete. Siéntate en el sofá y ponte a ver la televisión. Si la muchacha es de fuera la traerá su padre en carro, tal vez su madre. Ni a uno ni a otra les gustan nada los muchachos de la Terraza —en la Terraza apuñalan a la gente— pero ella es testaruda y por esta vez se saldrá con la suya.

Las indicaciones para llegar las escribiste con tu mejor caligrafía, para que sus padres no te tomaran por un analfabeto. Levántate del sofá y échale un vistazo al estacionamiento. Nada. Si la muchacha es de la localidad, no te apures. Aparecerá cuando le venga bien y esté lista. En algún caso puede suceder que se encuentre con otras amistades y se presentará con un gentío en tu apartamento y aunque eso significa que esa noche no te vas a comer una mierda, de todos modos será divertido y tendrás ganas de que esa gente te venga a ver más a menudo. En otros casos la muchacha no hará acto de presencia, y cuando te la encuentres al día siguiente en la escuela te dirá que lo siente mucho y sonreirá. Y tú serás lo bastante pendejo como para pedirle que salga contigo en otra ocasión.

Espera un poco, y al cabo de una hora vete a tu esquina. Hay mucho tránsito en el barrio. Dale una voz a uno de tus panas y cuando te diga: ¿Todavía estás esperando a esa puta? tú dile: Sí, coño.

Vuelve a tu casa. Llámala por teléfono y cuando se ponga su padre pregúntale si ella está allí. El preguntará: ¿Quién llama? Cuelga. Tiene voz de director de escuela o de jefe de policía, esos tipos que tienen el cuello ancho y que nunca tienen que estar pendientes de que nadie los ataque por la espalda. Siéntate a esperar. Cuando el estómago esté a punto de fallarte, oirás que se detiene un Honda o tal vez un Jeep, y entonces la verás.

Hola, dirás.

Mira, dirá, ella. Mi mamá te quiere conocer. Está muy preocupada, aunque no hay ningún motivo.

Que no cunda el pánico. Di: Hola, no se preocupe. Pásate una mano por el cabello como hacen los muchachos de raza blanca, aunque la verdad es que con el pelo que tienes, resultaría más fácil atravesar el Africa. Seguro que es una muchacha bonita. Las que más te gustan son las blancas, eso es cierto, pero normalmente las muchachas de fuera son negras, muchachas negras que han sido Girl Scouts y han estudiado ballet y que tienen tres automóviles estacionados en la carretera de acceso a su casa. Si es mulata no te extrañe que su madre sea blanca. Saluda. Su mamá te devolverá el saludo y te darás cuenta de que en el fondo no le das miedo. Te dirá que si le puedes dar indicaciones más claras para el camino de vuelta y aunque lo cierto es que no hay mejores indicaciones que las que tiene en el regazo, dale otras distintas. El caso es que se quede contenta.

Tienes donde elegir. Si la muchacha no es de por aquí llévatela a cenar a El Cibao. Pide las cosas en español, por muy mal que lo domines. Si es latina deja que te corrija y si es negra la dejarás asombrada. Si es de los alrededores, el Wendy's servirá. Cuando entres en el restaurante háblale de la escuela. A una muchacha de la localidad no hará falta contarle anécdotas del barrio, pero a las demás pudiera ser que sí. Cuenta la historia del loco que se pasó años almacenando bombas lacrimógenas en el sótano de su casa hasta que un día hubo una fuga de gas y todo el vecindario ingirió una sobredosis de material bélico. No menciones que tu mamá supo inmediatamente de qué sustancia se trataba porque todavía recordaba aquel olor desde el año en que los Estados Unidos invadieron tu isla.

Mantén la esperanza de no encontrarte con ese tipo que te trae por la calle de la amargura, Howie, el muchacho puertorriqueño que tiene dos perros asesinos. Se pasea con ellos por todo el barrio y de vez en cuando los perros acorralan a un gato y lo hacen trizas, mientras Howie se desternilla de risa viendo cómo el gato salta por los aires con el cuello retorcido como si fuera un búho y la carne roja asomando por entre los desgarrones de su piel suave. Si los perros de Howie no tienen a ningún gato acorralado, se te acercará por detrás y te dirá, ¿Qué, Yúnior, ésta es la jeva que te estás tirando últimamente?

Déjalo estar. Howie pesa unas doscientas libras y si le da por ahí, te puede comer crudo. Al llegar al descampado seguirá su camino. Lleva unos tenis nuevos y no quiere que se le manchen de lodo. Si la muchacha no es de por aquí dirá con voz sibilante: Menudo pendejo comemierda. Una chica del barrio no habría parado de gritarle en todo el rato, a no ser que fuera tímida. En todo caso no te sientas mal por no haber reaccionado. Nunca se debe perder una pelea callejera el primer día que te citas con una muchacha, porque si sucede una cosa así, se acabó la historia para siempre.

La cena será tensa. No se te da bien hablar con gente que apenas has tratado. Si es mulata te dirá que sus padres se conocieron en el Movimiento. Te dirá: En aquellas circunstancias, entre la gente de raza negra existía la conciencia de que era necesario adoptar una postura radical. Te parecerá que es algo que sus padres le han obligado a aprender de memoria. Una vez le dijeron algo así a tu hermano y él contestó: Coño, esa pendejada me recuerda un montón lo de *La Cabaña del Tío Tom* y toda la vaina. Pero a ti ni se te ocurra decirle lo mismo a la muchacha.

Simplemente deja la hamburguesa un momento en el plato y di: Aquello tuvo que ser muy duro.

Agradecerá tu muestra de interés. Te contará más cosas. Los negros, te dirá, me tratan muy mal. Por eso no me gustan. Tendrás curiosidad por saber qué piensa de los dominicanos. No se lo preguntes. Deja que sea ella quien lleve la iniciativa en la conversación y cuando terminen de cenar regresen dando un paseo por el barrio. El cielo estará magnífico. Gracias a la polución, las puestas de sol de New Jersey se han convertido en una de las maravillas del mundo. Coméntaselo. Tócale un hombro y di: Mira qué lindo.

Adopta una actitud seria. Puedes ver la televisión, siempre que te mantengas alerta. Toma un trago del ron Bermúdez que guarda tu padre en el clóset y que nadie toca nunca. Las muchachas de la localidad puede que tengan las caderas anchas y un buen culo, pero eso no quiere decir que se vayan a dejar tocar enseguida. A fin de cuentas son vecinas y luego te las vas a encontrar a todas horas por el barrio. Es muy posible que la muchacha sólo quiera pasar un rato en tu compañía y luego quiera irse a casa. Puede ser que te bese y luego se largue, o si es muy temeraria te lo puede dar, pero eso pasa pocas veces. Normalmente la cosa no pasará de besarse. Si es una muchacha blanca te lo puede dar cuando menos te lo esperes. No la pares. Se quitará el chicle de la boca, lo pegará a la funda de plástico del sofá y se te acercará más. Te dirá: Me gusta tu mirada, o algo por el estilo.

Tú dile que te encanta su pelo, que te encantan sus

**127**

labios, su piel, porque la verdad es que te gustan más que los tuyos.

Ella te dirá: Me gustan los hispanos, y aunque tú no has estado nunca en España, di: A mí me gustas tú. Quedarás bien.

Estarás con ella hasta las ocho y media y entonces se querrá lavar. En el cuarto de baño encenderá el radio y tarareará la canción que estén poniendo en ese momento, mientras sigue el ritmo dando con la cintura en el borde del lavamanos. Imagínate cuando venga su vieja a recogerla, lo que diría si supiera que te ha entregado su cuerpo, susurrando tu nombre al oído, tratando de recordar el español que aprendió en octavo grado. Mientras está en el baño llama a uno de tus panas y di: Me la tiré, cabrón. O simplemente recuéstate en el sofá y sonríe.

Pero lo normal es que la cosa no salga así. Estáte preparado. No querrá besarte. Tranquilo, muchacho, te dirá. La mulata posiblemente se zafará de ti echándose muy hacia atrás y escabulléndose. Se cruzará de brazos y dirá: Aborrezco mis tetas. Acaríciale el cabello, aunque se volverá a apartar. No me gusta que me toquen el cabello, dirá. Se comportará como si fuera una completa desconocida. En la escuela es famosa por su risa, que llama mucho la atención; es una risa aguda y penetrante como el graznido de una gaviota. Pero en tu casa se comportará de modo preocupante. No sabrás qué decir.

Eres el único que me ha invitado a salir, te dirá. Tus vecinos empezarán a gritar como hienas, ahora que están borrachos. Tú y los negros.

No digas nada. Deja que se abotone la camisa, que se cepille el pelo. Al hacerlo, se escuchará un crujido como el crepitar de una cortina de fuego que la separa de ti. Cuando llegue su padre y toque la bocina, déjala ir sin grandes despedidas. No tendrá ganas de eso. Durante la hora siguiente sonará el teléfono. Te sentirás tentado de contestar. No lo hagas. Quédate viendo los programas de televisión que te gusten, sin que la familia te los dispute. No vayas al piso de abajo. No te duermas. No servirá de nada. Pon el queso del gobierno en su sitio, porque si se da cuenta tu madre, te mata.

# Sin cara

Por la mañana se pone la careta, cierra un puño y lo oprime con fuerza contra la palma de la otra mano. Va hasta el guanábano y hace flexiones, casi cincuenta, y entonces agarra la máquina de hierro con que se descascarilla el café y la levanta a pulso hasta la altura del pecho, contando hasta cuarenta. Los brazos, el pecho y el cuello se hinchan y la piel de las sienes se tensa, a punto de desgarrarse. ¡Pero no! Es invencible y deja caer la máquina de hierro soltando un rotundo SI. Es consciente de que debería irse, pero la niebla matutina lo envuelve todo y se queda un rato escuchando cantar a los gallos. Después oye cómo su familia se pone en movimiento. Date prisa, se dice a sí mismo. Pasa corriendo por delante de la finca de su tío y con sólo echar un vistazo sabe cuántos tipos de café hay en el cultivo: grano rojo, negro y verde. Sigue corriendo y ahora pasa por delante de la manguera de riego y los pastos, y entonces dice: ARRIBA, dando un salto. Su sombra afilada se recorta contra las copas de los árboles y entonces ve el empalizamiento de la finca de su familia y a su madre que está bañando a su hermano pequeño, restregándole la cara y los pies.

Los pulperos riegan la carretera para que no se levante polvo; él pasa por delante de ellos. ¡Sin Cara! le grita más de uno, pero no tiene tiempo para ellos. Lo primero que hace es ir a los alrededores de los bares a buscar monedas caídas por el piso. A veces hay borrachos durmiendo en los callejones, así que se mueve sin hacer ruido. Va sorteando los charcos de orina y de vómito, con la nariz contraída por el hedor. Hoy encuentra monedas suficientes entre las matas secas como para comprarse un refresco o un yaniqueque. Aprieta las monedas con fuerza y sonríe por debajo de la careta.

Durante las horas más calurosas del día, Lou lo acoge en el interior de la iglesia; el techo está muy deteriorado, y apenas hay unos cuantos cables de electricidad. Le da un café con leche y le enseña a leer y a escribir por espacio de dos horas. Los libros, el lápiz y el papel son de la escuela vecina, donativo del maestro. El padre Lou tiene las manos pequeñas y está mal de la vista. Ha ido dos veces a operarse al Canadá. Lou le enseña inglés, que le será necesario cuando vaya al norte. *I'm hungry. Where's the bathroom? I come from the Dominican Republic. Don't be scared.*

Después de la lección compra un chicle y va hacia la casa que queda enfrente de la iglesia. La casa tiene una verja, un huerto de naranjos y un sendero de adoquines. Del interior de la casa llega el murmullo de un televisor. Aguarda a la muchacha, pero hoy no sale. Normalmente se asoma y sale a verlo e imita la forma de un televisor con las manos. Hablan con las manos.

*¿Quieres ver la televisión?*

El niega con la cabeza, extiende los brazos y abre las

palmas de las manos. Jamás ha entrado en una casa ajena. *No, me gusta estar al aire libre.*

*Yo prefiero estar dentro, hace más fresco.*

Se suele quedar hasta que la mujer que va a hacer la limpieza, que, como él, vive en las montañas, le grita desde la cocina: Vete de aquí. ¿Es que no tienes vergüenza? Entonces él agarra los hierros de la verja y gruñe para que la mujer sepa con quién se las está viendo.

Cada semana el padre Lou le da permiso para que se compre un paquito. El sacerdote lo lleva a la librería y se queda en la calle, acechando con el fin de protegerlo, mientras él mira los estantes.

Hoy compra un paquito de Kalimán, que lleva un turbante y no se come la mierda de nadie. Si llevara el rostro oculto sería perfecto.


Lejos de la gente, acecha en las esquinas, aguardando a que se le presente alguna oportunidad. Tiene el poder de la INVISIBILIDAD y nadie puede tocarlo. Hasta su tío, que trabaja de guardián en la presa, pasa por delante de él sin decir nada. Los perros olfatean su presencia y un par de ellos se le acercan y le dan con el hocico en los pies. El los aleja para evitar que sus enemigos se den cuenta de dónde se encuentra. Hay tantos que ansían su caída. Tantos que ansían su desaparición.

Un viejo necesita que le ayuden a empujar la carreta que arrastra. Un gato necesita que alguien lo cruce al otro lado de la calle.

¡Eh, Sin Cara! grita un motorista. ¿Que coño estás haciendo? ¿No te habrá dado por comer gatos, eh?

Dentro de poco empezará a comer niños, dice otro.

Deja al gato en paz, no es tuyo.

Echa a correr. Ya es tarde y están cerrando las tiendas

e incluso se han dispersado las motocicletas que había estacionadas en las esquinas, dejando manchas de aceite y surcos en el piso de tierra.

La emboscada tiene lugar mientras hace cálculos para ver si le queda para comprar otro yaniqueque. Lo agarran entre cuatro muchachos y las monedas le salen disparadas de las manos como si fueran saltamontes. El gordo cejijunto se le sienta en el pecho y lo deja sin respiración. Los demás están parados en derredor. Está asustado.

Te vamos a convertir en muchacha, dice el gordo, y el eco de sus palabras reverbera por la masa fofa de su cuerpo. Quiere respirar, pero tiene los pulmones tensos como vejigas.

¿Has sido muchacha alguna vez?

Apuesto algo a que no. No es muy divertido.

Dice FUERZA y el gordo sale despedido y él echa a correr con todos detrás. Déjenlo en paz, dice la dueña del salón de belleza, pero nadie le hace caso desde que su esposo la dejó por una haitiana. Regresa a la iglesia; se cuela al interior y se oculta. Los muchachos arrojan piedras contra la puerta de la iglesia, pero entonces Eliseo, el sacristán, dice: Muchachos, prepárense para ir al infierno, mientras corre golpeando la calzada con el machete. Afuera todo vuelve a estar en calma. Se mete debajo de un banco y espera a que se haga de noche para poder volver a casa, a dormir junto al fogón. Se frota las manchas de sangre que le han quedado en los pantalones cortos y se escupe en la herida para limpiarla de tierra.

¿Te encuentras bien? pregunta el padre Lou.

Me siento un poco sin fuerza.

El padre Lou se sienta. Parece un pulpero cubano, con los pantalones cortos y la guayabera. Junta las palmas de las manos. He estado pensando en cómo te iría en el norte. Traté de imaginarte en medio de la nieve.

Para mí la nieve no va a ser ninguna molestia.

La nieve es una molestia para todo el mundo.

¿Allá les gusta la lucha libre?

El padre Lou suelta una carcajada. Casi tanto como a nosotros. Sólo que ya no se pueden usar cuchillas a escondidas. Lo han prohibido.

Entonces sale de debajo del banco y le muestra el codo al sacerdote. El sacerdote deja escapar un suspiro. Vamos a curar eso, ¿de acuerdo?

Pero no me ponga el líquido rojo.

Ya no usamos el líquido rojo. Ahora tenemos un líquido blanco que no duele.

Cuando lo vea, lo creeré.


Jamás se lo ha ocultado nadie. Le cuentan la historia una y otra vez, como si tuvieran miedo de que se le olvidase.

Algunas noches abre los ojos y ve que el cerdo ha vuelto. Siempre enorme y sonrosado. Le clava las pezuñas en el pecho; el aliento le huele a guineo cuajado. Unos dientes romos le desgarran una tira de piel por debajo de un ojo y el músculo que queda al descubierto tiene un sabor delicioso, como a lechosa. Voltea la cabeza para dejar a salvo un lado de la cara; en algunos sueños consigue salvar el lado derecho y en otros el izquierdo, pero en las peores pesadillas no logra mover la cabeza y la boca del cerdo es como un pozo que lo atrapa todo. Cuando se despierta está gritando y le cae un hilo de sangre por el cuello. Se ha mordido la lengua. La tiene inflamada y no logra conciliar el sueño hasta que se dice a sí mismo que tiene que portarse como un hombre.

*     *     *

El padre Lou pide prestada una moto Honda y los dos salen por la mañana temprano. En las curvas se inclina hacia dentro y Lou le dice: No hagas eso o volcaremos.

¡No nos va a pasar nada! grita él.

La carretera de Ocoa está desierta. Se ven fincas secas y muchos ranchos abandonados. Divisa un caballo negro en un cerro. Está tascando las hojas de un arbusto y tiene una garza posada en el lomo.

La clínica está atestada de gente herida, pero una enfermera que tiene mechas en el pelo los hace pasar primero.

¿Cómo estamos hoy? dice el médico.

Estoy bien, dice. ¿Cuándo me va a mandar al extranjero?

El médico sonríe y le dice que se quite la careta y le da un masaje en el rostro con la yema de los pulgares. El médico tiene residuos blancuzcos de comida entre los dientes. ¿Tienes problemas al tragar?

No.

¿Con la respiracion?

No.

¿Tienes dolores de cabeza? ¿Te duele a.veces la garganta? ¿Te dan mareos?

Nunca.

El médico le examina la vista, los oídos y después lo ausculta. Parece que todo va bien, Lou.

Me alegra oír eso. ¿Tienes una idea aproximada de lo que podría costar?

Bueno, dice el médico. Ya veremos eso algún día.

El padre Lou sonríe y le pone una mano en el hombro. ¿Cuál es tu opinión?

Hace un ademán afirmativo aunque en el fondo no

está muy seguro de cuál es su opinión. Le dan miedo las operaciones, que todo siga como antes, que los médicos canadienses fracasen igual que las santeras que contrató su madre, las cuales les pidieron ayuda a todos los espíritus celestiales invocándolos por orden alfabético. Hace calor y hay polvo en el cuarto en penumbra y él está sudando y le gustaría estar debajo de una mesa donde nadie lo pudiera ver. En el cuarto de al lado vio a un muchacho al que no se le habían cerrado del todo los huesos del cráneo y a una muchacha que no tenía brazos y a un bebé que tenía la cara enormemente hinchada y a quien le supuraba pus por los ojos.

Se me ve el cerebro, dijo el muchacho. Sólo tengo una especie de membrana transparente.


Por la mañana se despierta dolorido. Por la visita al médico, por la pelea delante de la iglesia. Sale al aire libre, le da un mareo y se apoya en el guanábano. Su hermano pequeño, Pesao, está despierto, tirándoles guijarros a las gallinas. Es un niño de cuatro años, con un cuerpecito perfecto. Cuando le acaricia la cabeza nota que las heridas han cicatrizado formando unas costras amarillentas. Le entran unas ganas tremendas de rascarle, pero la última vez que lo hizo la sangre saltó a chorro y Pesao se puso a dar grandes voces.

¿Dónde estuviste? pregunta Pesao.

Luchando contra las fuerzas del mal.

Yo también quiero.

No te gustaría, dice.

Pesao le mira a la cara, suelta una risita y le tira otro guijarro a las gallinas, que se dispersan alborotadas.

Se queda contemplando cómo el sol evapora la neblina de los campos y a pesar del calor, los granos de habichuela lucen verdes y gruesos, y se mecen ágilmente cuando sopla la brisa. Su madre lo ve alejarse de la rancheta. Va a buscar la careta para dársela.

Está cansado y dolorido, pero se queda contemplando el valle y la forma en que la tierra se curva hasta desaparecer le recuerda el modo en que Lou esconde las fichas de dominó cuando juega con él. Vete, dice su madre. Antes de que salga tu padre.

Sabe muy bien qué es lo que pasa cuando sale su padre. Se pone la careta y nota que las pulgas se agitan ocultas entre los entresijos de la tela. Cuando su madre le vuelve la espalda, se esconde, y desaparece entre la maleza. Se queda mirando a su madre, que sostiene con delicadeza la cabeza de Pesao bajo la llave del agua. Cuando por fin sale un chorro, Pesao suelta un grito como si le hubieran hecho un regalo o como si un deseo se hubiera convertido en realidad.

Echa a correr camino abajo, en direccion al pueblo. Jamás se tropieza ni resbala. No hay nadie más rápido que él.

# Negocios

Mi padre, Ramón de las Casas, se fue de Santo Domingo cuando yo estaba a punto de cumplir cuatro años. Papi tenía planes de irse desde hacía meses, y se pasaba el tiempo pidiendo dinero prestado o engañando a sus amigos y a cuanta gente tuviera a su alcance. Al final fue cuestión de pura suerte que tramitaran su visado cuando lo hicieron. Su último golpe de suerte en la isla, si se toma en cuenta que mami acababa de descubrir que tenía amores con una puta gorda que conoció al detener una pelea en la calle donde vivía ella, en Los Milloncitos. Mami se enteró por una amiga, una enfermera que era vecina de la puta. La enfermera no entendía qué hacía papi merodeando por su calle cuando se suponía que tenía que estar de patrulla.

Las primeras peleas, en las que mami ponía furiosamente en órbita los cubiertos, duraron una semana. Cuando un tenedor le perforó la mejilla, papi tomo la resolución de irse de casa, a esperar que la cosa se calmase. Metió algo de ropa en una bolsa pequeña y se marchó a escondidas en plena madrugada. La segunda noche que pasó fuera de casa, mientras la puta dormía a su lado, papi soñó que el dinero que le había prometido el padre de mami se alejaba por los aires describiendo una espiral como si fuera una bandada de pájaros de colores muy muy brillantes. ¿Te encuentras bien? le preguntó la puta y él hizo un ademán negativo con la cabeza. Creo que tengo que irme a alguna parte, dijo. Le pidió prestada a un amigo una guayabera limpia de color mostaza, se subió a un concho y le hizo una visita al abuelo.

Como de costumbre, el abuelo había sacado la mecedora a la acera, desde donde podía ver todo y a todos. La había hecho él y se la había regalado a sí mismo cuando cumplió trece años y en dos ocasiones tuvo que reponer las rejillas de mimbre que había desgastado de tanto rozarlas con los hombros y el trasero. Si ustedes bajaran a la Duarte verían ese tipo de mecedoras a la venta por todas partes. Era noviembre; de los árboles caían los mangos a tierra, haciendo un ruido sordo. Pese a que estaba mal de la vista, el abuelo divisó a papi desde el momento en que puso pie en Sumner Welles. El abuelo soltó un suspiro; estaba hasta los cojones de aquella pelea. Papi se alzó los pantalones tirando de la cintura y se agachó junto a la mecedora.

He venido para hablarle de mi vida con su hija, dijo, quitándose el sombrero. No sé qué le habrán contado a usted, pero le juro con la mano en el corazón que no hay nada cierto. Yo lo único que quiero es llevarme a su hija y a los niños a los Estados Unidos. Quiero que vivan bien.

El abuelo se hurgó los bolsillos buscando el cigarrillo que acababa de guardar. Los vecinos gravitaban, acercándose cada vez más a la entrada de sus casas, tratando de oír el intercambio de palabras. ¿Y qué hay de esa otra mujer? dijo el abuelo por fin, incapaz de dar con el cigarrillo que había encajado entre la oreja y la cabeza.

Es cierto que fui a su casa, pero fue un error. No hice nada que le avergüence a usted, viejo. Sé que no fue una acción inteligente, pero no sabía que la mujer iba a mentir de la manera en que lo hizo.

¿Es eso lo que le dijiste a Virta?

Sí, pero no me quiere escuchar. Está demasiado pendiente de lo que le cuentan sus amigas. Si usted piensa que yo no soy capaz de hacer nada por su hija, entonces no le pediré prestado ese dinero.

El abuelo escupió para quitarse de la boca el sabor a humo de automóvil y a polvo de la calle. Podría haber escupido cuatro o cinco veces. El sol se podía haber puesto dos veces mientras él seguía pensando cómo actuar, pero ahora que estaba perdiendo la vista y su finca de Azúa no era más que polvo, ¿qué podía hacer él en realidad?

Escucha, Ramón, dijo, rascándose el vello de los antebrazos. Yo te creo. Pero Virta oye esos chismes por la calle y ya sabes como son esas cosas. Vete a casa y pórtate bien con ella. No des voces. No pegues a los niños. Yo le diré que te vas muy pronto. Eso ayudará a suavizar la situación entre ustedes.

Papi sacó sus cosas de la casa de la puta y regresó aquella misma noche. Mami se comportó como si se tratara de una visita molesta que no había más remedio que aguantar. Dormía en el cuarto de los niños y se pasaba todo el tiempo que podía fuera de la casa, yendo a ver a sus parientes a otras partes de la capital. Muchas veces papi la agarraba de los brazos y la empujaba contra las paredes de la casa, que se estaban desmoronando, pensando que así lograría sacarla de su ensimismamiento, pero entonces ella lo abofeteaba o le daba puntapiés. ¿Por qué coño haces eso? preguntaba él. ¿Es que no te das cuenta de que falta muy poco para que me vaya?

Pues vete de una vez, decía ella.

Te arrepentirás de eso.

Ella se encogía de hombros y no decía nada más.

En una casa tan ruidosa como la nuestra, el silencio de una mujer era algo muy serio. Papi se pasó un mes yendo de un lado para otro sin hacer nada. Nos llevaba a ver películas de kungfú que nos resultaban incomprensibles y nos martilleaba los oídos repitiéndonos hasta la saciedad lo mucho que lo íbamos a extrañar. Revoloteaba en torno a mami mientras nos examinaba el pelo para ver si teníamos piojos; quería estar cerca cuando ella se rindiera y le suplicara que no se fuera.

Una noche, el abuelo le entregó a papi una caja de cigarros llena de dinero. Los billetes estaban nuevos y olían a jengibre. Aquí tienes. Haz que tus hijos se sientan orgullosos de ti.

Usted lo verá. Besó al viejo en la mejilla y al día siguiente se compró un boleto de avión para un vuelo que salía al cabo de tres días. Le puso el boleto a mami delante de los ojos. ¿Ves esto?

Ella asintió con cansancio y puso las manos en alto. Tenía las ropas de papi remendadas y empacadas en el aposento común.

No le dio un beso de despedida, sino que mandó a sus dos hijos que se le acercaran. Despídanse de su padre. Díganle que quieren que regrese pronto.

Cuando la intentó abrazar lo agarró de los brazos como si sus dedos fueran tenazas. Más vale que recuerdes de dónde salió ese dinero, dijo. Fueron las últimas palabras que se dijeron cara a cara por espacio de cinco años.

Llegó a Miami a las cuatro de la madrugada, a bordo de un avión que hacía un ruido ensordecedor e iba medio vacío. Pasó la aduana con facilidad, pues no había traído más que algo de ropa, una toalla, una pastilla de jabón, una navaja de afeitar y, en los bolsillos, su dinero y una caja de chicles. El boleto a Miami había salido barato, pero tenía intención de seguir viaje a Nueva York en cuanto le fuera posible. Nueva York era la ciudad de los trabajos, la ciudad que había atraído primero a los cubanos y a su industria cigarrera, luego a los puertorriqueños de la Operación Bootstrap y ahora a él.

Le costó trabajo encontrar la salida de la terminal. Todo el mundo hablaba en inglés y los letreros no le servían de ayuda. Se fumó medio paquete de cigarrillos mientras daba vueltas por la terminal. Cuando por fin logró salir, dejó la bolsa en el pavimento y tiró los cigarrillos que le quedaban. En plena oscuridad era poco lo que podía ver de Norteamérica. Un vasto río de automóviles, unas palmeras en la lejanía y una autopista que le recordaba a la Máximo Gómez. El ambiente no era tan caluroso como en su país y la ciudad estaba bien iluminada, pero no tenía la sensación de haber atravesado un océano ni de encontrarse en un mundo distinto. Un taxista que estaba delante de la terminal se dirigió a él en español. Sin esfuerzo, lanzó la bolsa al asiento trasero del taxi y dijo: Uno más. Era un hombre fuerte, de raza negra, cargado de espaldas.

¿Tiene familia acá?

Pues no.

¿Y dirección?

No, dijo papi. Estoy solo. Tengo dos manos y un corazón fuerte como una piedra.

Muy bien, dijo el taxista. Le dio una vuelta por la ciudad a papi, por los alrededores de la Calle Ocho. Aunque las calles estaban desiertas y los negocios tenían echados los cierres métalicos, papi advirtió signos de prosperidad en los edificios y en los postes de la luz, que eran muy altos y además funcionaban. Acarició la idea de que le estaban mostrando su nuevo lugar de residencia a fin de que él diera su aprobación. Búsquese un lugar donde dormir por acá, le aconsejó el taxista. Y mañana a primera hora, búsquese un trabajo. Coja cualquier cosa que encuentre.

He venido aquí para trabajar.

Seguro, dijo el taxista. Dejó a papi delante de un hotel y le cobró cinco dólares por media hora de servicio. Lo que se ahorre conmigo le servirá más adelante. Espero que le vaya bien.

Papi le ofreció una propina, pero el conductor ya había encendido la luz del techo y se había puesto en marcha. Cargando la bolsa al hombro, papi se puso a caminar, inhalando el polvo y el calor que se filtraba a través de las calles de piedra comprimida. Al principio consideró la posibilidad de ahorrarse un poco de dinero, durmiendo en un banco a la intemperie, pero no tenía la menor idea de dónde estaba y los letreros inescrutables que había por todas partes le intimidaban. ¿Y si había toque de queda? Sabía que el menor giro de la fortuna podía acabar con él. ¿Cuántos antes que él habían llegado tan lejos para que los mandaran de vuelta por haber cometido alguna infracción estúpida? De pronto el cielo se le antojó lejanísimo. Volvió sobre sus pasos y entró en el hotel; un letrero de neón espástico sobresalía violentamente de la fachada. A papi le costó trabajo entender al recepcionista, pero por fin el hombre escribió el precio de una noche con grandes números. Habitación Cuatro Cuatro, dijo el hombre. También le costó mucho trabajo entender el mecanismo de la ducha, pero por fin logró darse un baño. Era el primer baño de su vida que no le dejaba rizado el vello corporal. Mientras la radio emitía unos ruidos incoherentes, se arregló el bigote. No existen fotos de la época en que se dejó bigote. Pero es fácil imaginárselo. Al cabo de una hora estaba dormido. Tenía veinticuatro años. Era fuerte. No soñó con su familia ni soñaría con ella por muchos años. Soñó con monedas de oro como las que se rescataban de los numerosos naufragios habidos en las proximidades de nuestra isla, formando montones altos como cañas de azúcar.

Incluso aquella primera mañana en que estaba tan desorientado, mientras una mujer latina entrada en años retiraba las sábanas de la cama y vaciaba el único papel usado que había arrojado al safacón, papi hizo las flexiones abdominales y de brazos que lo mantuvieron en plena forma hasta los cuarenta y tantos años.

Debería usted probar, le dijo a la latina. Luego el trabajo resulta mucho más fácil.

Si tuviera usted trabajo, dijo ella, no necesitaría hacer ejercicio.

Guardó las ropas que había usado el día anterior en la bolsa de lona y compuso otro traje. Mojó los dedos en agua para alisar las arrugas más difíciles. Durante los años que vivió con mami siempre se lavó y se planchó la ropa. Este trabajo es cosa de hombres, solía decir, orgulloso de sí mismo. Se caracterizaba por llevar camisas resplandecientemente blancas y las rayas de los pantalones afiladas como cuchillas de afeitar. A fin de cuentas su generación se había destetado bajo el influjo de la locura indumentaria del Jefe, de quien se cuenta que tenía diez mil corbatas la víspera de su asesinato. Vestido así, serio y aseado, papi tenía aspecto de extranjero, pero no parecía un mojado.

El primer día le surgió la oportunidad de compartir

un apartamento con tres guatemaltecos y encontró su primer trabajo lavando platos en una fonda donde se servían sándwichs cubanos. Antes había sido el típico establecimiento gringo especializado en hamburguesas y refrescos. Ahora por todas partes se oía gente hablando en español, y el ambiente estaba impregnado de aroma de lechón. Tras el mostrador central se oía el ruido incesante de las planchas metálicas al cerrarse sobre los sándwichs para tostar el pan. En la parte trasera del local había un hombre leyendo el periódico que le dijo a papi que podía empezar enseguida y le dio dos delantales blancos que le llegaban hasta los tobillos. Lávelos cada día, le dijo. Acá somos muy limpios.

Dos de los compañeros de piso de papi eran hermanos, Esteban y Tomás Hernández. Esteban era veinte años mayor que Tomás. Los dos habían dejado atrás a sus familias respectivas. Esteban padecía de cataratas y la vista se le iba oscureciendo poco a poco; la enfermedad le había costado la pérdida de medio dedo y de su último puesto de trabajo. Ahora barría el piso y limpiaba vómitos en la estación de trenes. Es un trabajo mucho más seguro, le dijo a mi papi. El trabajo en una fábrica acaba contigo en menos tiempo que un tigre. Esteban tenía una afición febril por apostar a las carreras de caballos y se empeñaba en leer las papeletas por más que su hermano le advertía que iba a perder la poca vista que le quedaba de tanto acercar el rostro a la letra impresa. Muchas veces llevaba la nariz manchada de tinta.

El tercer compañero de apartamento se llamaba Eulalio. Ocupaba la habitación más grande y era propietario de un Duster que tenía la carrocería completamente oxidada y en el que iban todos a trabajar por las mañanas. Llevaba casi dos años en los Estados Unidos y cuando conoció a papi se dirigió a él en inglés. Al ver que papi no le contestaba, Eulalio cambió al español. Vas a tener que practicar si quieres llegar a algo. ¿Sabes algo de inglés?

Nada, dijo papi al cabo de un momento.

Eulalio hizo un ademán negativo con la cabeza. Papi conoció a Eulalio en último lugar y fue el que menos le gustó de los tres.

Dormía en la sala al principio, en una alfombra raída cuyas fibras deshilachadas se le clavaban en la cabeza rapada, y más adelante en un colchón que un vecino había tirado a la basura. Su jornada de trabajo en el establecimiento comprendía dos largos turnos separados por períodos de descanso de cuatro horas. Durante uno de los descansos se iba a dormir a casa y durante el otro lavaba a mano los delantales en el fregadero y luego, mientras aguardaba a que se secaran, se echaba una siesta en el almacén, rodeado de pilas de café El Pico y sacos de pan. A veces leía unas espantosas novelas de vaqueros a las que era muy aficionado; era capaz de leerse una en una hora. Si hacía mucho calor o la novela era muy aburrida se iba a pasear a otros vecindarios, asombrado de ver que las calles no se encenagaban de aguas residuales y de la disposición ordenada de los vehículos y las casas. Lo impresionaban las latinas transplantadas, transformadas por dietas equilibradas y productos de belleza inimaginables en sus países de origen. Eran mujeres bellas y hoscas. Al verlas se tocaba la gorra con un dedo a modo de saludo y se detenía con la esperanza de hacerles cualquier comentario, pero aquellas mujeres seguían de largo, poniendo una mueca de desagrado.

No se desalentó. Empezó a acompañar a Eulalio en sus excursiones nocturnas a los bares. Papi prefería tomarse una copa con el mismísimo diablo antes que salir solo. Los hermanos Hernández no eran muy aficionados a salir; se dedicaban a acumular lo que ganaban, aunque

de vez en cuando se relajaban y se ponían ciegos bebiendo tequila y cerveza. Los hermanos llegaban a casa
en plena noche dando tumbos y pisoteaban a papi mientras recordaban a gritos cómo una morena les había hecho un desplante sin el menor miramiento.

Dos o tres noches por semana Eulalio y papi salían a
beber ron y a ver qué se encontraban por ahí. Siempre
que podía, papi dejaba que Eulalio pagase. A Eulalio le
gustaba hablar de la finca de donde era oriundo, una
plantación enorme ubicada en la zona central de su país.
Me enamoré de la hija del patrón y ella se enamoró de
mí. De mí, de un peón. ¿Puedes creértelo? Me la tiraba
en la cama de su propia madre, delante de la Santa Vir-
gen y de su Hijo Crucificado. La intenté convencer de
que quitara el crucifijo, pero no quería ni oír hablar de ello.
Le encantaba de aquella manera. Ella fue la que me
prestó el dinero para que me viniera acá. ¿Puedes creértelo? Un día de estos, cuando haya ahorrado un poco de
dinero, la voy a mandar a buscar.

Todas las noches contaba la misma historia, con distintos aderezos. Papi hablaba poco y le creía menos. Miraba a las mujeres, que invariablemente acompañaban
a otros hombres. Al cabo de un par de horas, papi pagaba lo que debía y se marchaba. Aunque hacía fresco, él
no necesitaba chaqueta; le gustaba llevar camisa de
manga corta y sentir la brisa. Recorría a pie la distancia
de una milla que había hasta su casa, y hablaba con cualquiera que le diera la oportunidad de hacerlo. En más de
una ocasión, al darse cuenta de que hablaba español, lo
paró algún grupo de borrachos y le invitó a entrar en una
casa donde había hombres y mujeres bebiendo y bailando. Aquellas fiestas le gustaban mucho más que los
desencuentros de los bares. Con aquellos desconocidos

practicaba su inglés incipiente, lejos de lás críticas burlonas de Eulalio.

Al llegar al apartamento se tumbaba en el colchón y se estiraba de brazos y piernas cuan largo era. Se abstenía de pensar en su familia, en los dos hijos belicosos que tenía y en su esposa, a quien le había puesto el sobrenombre de Melao. Se decía a sí mismo: Piensa sólo en hoy y en mañana. Cuando se adueñaba de él un sentimiento de debilidad, sacaba de debajo del sofá el mapa que había comprado en una gasolinera y con los dedos recorría la costa en dirección norte, pronunciando lentamente los nombres de las ciudades, tratando de remedar el horrísono chirriar de la lengua inglesa. En la esquina inferior del mapa, a la derecha, podía verse la costa norte de nuestra isla.

Papi se marchó de Miami en invierno. Perdió el primer trabajo y encontró uno nuevo, pero ninguno de los dos sueldos eran buenos y la parte que le correspondía pagar por dormir en el piso de la sala era demasiado elevada. Además, papi había hecho sus cálculos y luego de hablar con la gringa del apartamento de abajo (la cual a aquellas alturas ya le entendía) se enteró de que Eulalio no pagaba un carajo por el alquiler. Lo cual explicaba por qué tenía tanta ropa de calidad y trabajaba mucho menos que los demás. Cuando papi les mostró a los hermanos Hernández las cifras que había anotado en el margen de una hoja de periódico, estos se mostraron indiferentes. Es el único que tiene carro, dijeron. Tomás miraba los números y parpadeaba. Además, ¿qué necesidad hay de crear problemas aquí? De un modo u otro, todos tenemos que seguir adelante.

Pero no es justo, dijo papi. Vivo como un perro para esta mierda.

¿Qué puedes hacer? dijo Tomás. La vida golpea duro a todo el mundo.

Hay dos versiones sobre lo que sucedió después, la de mami y la de papi. Según una, papi se fue pacíficamente, llevándose una maleta cargada con las mejores ropas de Eulalio; según otra, primero le dio una golpiza al hombre y después se llevó la maleta y cogió un autobús con destino a Virginia.

Después de llegar a Virginia, papi recorrió a pie muchas millas de camino. Se podía haber costeado otro boleto de autobús, pero eso habría supuesto darle un buen pellizco al dinero que había logrado ahorrar, a costa del alquiler, siguiendo puntualmente los buenos consejos de muchos inmigrantes veteranos. Carecer de alojamiento en Nueva York era una invitación a que le acaecieran a uno todo tipo de desastres de la peor especie. Era mejor recorrer 380 millas a pie que llegar sin un centavo en los bolsillos. Metió los ahorros en una billetera de imitación de piel de cocodrilo que llevaba cosida al reborde interior de los calzoncillos. El roce del monedero le levantó ampollas en el muslo, pero desde luego a ningún ladrón se le iba a ocurrir registrar allí.

Iba helado de frío, llevaba zapatos de ínfima calidad y había llegado a distinguir las marcas de los coches por el ruido del motor. El frío no le molestaba tanto como las bolsas que llevaba. Tenía los brazos entumecidos de dolor, sobre todo la masa de los bíceps. Dos camioneros distintos se compadecieron al ver a un hombre que hacía auto-stop tiritando de frío, y se ofrecieron a llevarlo un

tramo del camino, y justo en las afueras de Delaware se
paró a recogerlo en el arcén de la autopista I-95 un vehículo oficial modelo K.

Los hombres que viajaban en el interior eran agentes
federales. Papi se dio cuenta inmediatamente de que
eran policías; conocía bien a aquel tipo de gente. Estudió
el carro desde lejos y pensó en echar a correr y esconderse en los bosques que había junto a la carretera. El visado le había expirado hacía cinco semanas y si lo
agarraban, lo mandarían esposado a casa. Había oído de
labios de otros inmigrantes ilegales numerosas historias
acerca de lo que hacía la policía norteamericana, cómo
les gustaba dar palizas a los detenidos antes de entregár-
selos a la migra, y cómo a veces se limitaban a sacarles el
dinero además de los dientes y luego los dejaban tirados
en una carretera abandonada. Por alguna razón, tal vez
porque hacía un frío mortal, tal vez por pura estupidez,
papi siguió caminando, arrastrando los pies y sorbién-
dose la nariz. Bajaron el cristal del carro. Papi se acercó y
vio a dos blancos con aspecto adormilado.

¿Necesitas que te acerquemos a alguna parte?

Lles, dijo papi.

Los hombres le hicieron sitio y papi se acomodó en el
asiento delantero. Al cabo de diez millas volvió a sentir el
trasero. Cuando se le pasó el frío y dejó de resonarle en
los oídos el estruendo acumulado de tantos carros que
habían pasado junto a él, se dio cuenta de que en el
asiento trasero había un hombre de aspecto frágil, con las
manos esposadas y grilletes en los tobillos. El hombreci-
llo lloraba en silencio.

¿Hasta dónde vas? preguntó el conductor.

New York, dijo, evitando cuidadosamente decir
Nueva Yol.

Nosotros no vamos tan lejos, pero te podemos llevar hasta Trenton, si quieres. ¿De dónde demonios eres, amigo?

Miami.

Miami. Miami queda un poco lejos de aquí. El otro hombre miró al conductor. ¿Eres músico o algo así?

Lles, dijo papi. Toco el acordeón.

El hombre que iba en medio se animó. Mierda, mi viejo tocaba el acordeón, pero era polaco igual que yo. No sabía que los spiks también lo tocaban. ¿Qué clase de polkas te gustan?

¿Polkas?

Cielos, Will, dijo el conductor. En Cuba no tocan la polka.

Siguieron manejando y sólo aminoraban la marcha para mostrar la placa de policía en los peajes. Papi iba callado, oyendo llorar al hombre del asiento trasero. ¿Qué le pasa? ¿Es que se ha mareado, quizás?

El conductor soltó un bufido. ¿Mareado ése? Somos nosotros los que estamos a punto de vomitar.

¿Cómo te llamas? preguntó el polaco.

Ramón.

Ramón, te presento a Scott Carlson Porter, asesino.

¿Asesino?

Ha cometido muchos, muchos asesinatos. Y añadió en spanglish: Mucho *murders*.

Lleva llorando desde que salimos de Georgia, explicó el conductor. No ha parado ni un momento. El muy gallina llora hasta en las comidas. Nos está volviendo locos.

Pensamos que a lo mejor llevando a otra persona con nosotros cerraría el pico. El hombre que iba al lado de papi sacudió la cabeza de un lado a otro. Pero parece que no.

Los agentes federales dejaron a papi en Trenton. Se sintió tan aliviado de no verse en la cárcel que no le importó caminar cuatro horas seguidas, hasta reunir el valor necesario para volver a hacer señales con el dedo pulgar.

En Nueva York, el primer año vivió en Washington Heights, en un piso infestado de cucarachas justo encima del lugar donde hoy se ubica el restaurante Las Tres Marías. En cuanto tuvo asegurado el apartamento y dos trabajos, uno limpiando oficinas y otro lavando platos, empezó a escribir a casa. En la primera carta metió cuatro billetes doblados, de veinte dólares. El goteo de dinero que mandaba a los suyos no obedecía a ningún plan premeditado. A diferencia de sus amigos, no calculaba lo que necesitaba para sobrevivir; enviaba sumas arbitrarias que a menudo lo dejaban en la indigencia, obligándole a pedir prestado hasta el día en que volvía a cobrar.

El primer año trabajaba diecinueve y veinte horas diarias, siete días a la semana. Cuando iba por la calle tosía y tenía la sensación de que se le desgarraban los pulmones de la fuerza que tenía que hacer para exhalar, y cuando se encontraba en el interior de las cocinas, el calor que despedían los hornos le provocaba un dolor de cabeza como si se la estuvieran perforando con un sacacorchos. Escribía a su familia esporádicamente. Mami le perdonó lo que había hecho y le contó quién más se había ido del barrio, bien fuera mediante la compra de un boleto de avión o a bordo de un ataúd. Papi contestaba escribiendo en lo primero que encontraba, casi siempre en el cartón fino de una caja de pañuelos de papel o en hojas que arrancaba de los talonarios de recibos de su trabajo. Estaba tan cansado al final de su jornada laboral que cometía faltas de ortografía casi a razón de una por palabra y tenía que morderse los labios para no quedarse dormido. Les prometía a su esposa y a los niños que muy pronto les enviaría sus boletos de avión. Mami le mandó fotos de su hija recién nacida y él se las mostró a sus compañeros de trabajo y luego se le olvidaron, perdidas en la billetera, entre boletos viejos de lotería.

Hacía muy mal tiempo. Se enfermaba con frecuencia, pero seguía yendo a trabajar, hasta que logró juntar el dinero suficiente como para pagarse un matrimonio de conveniencia. La rutina era la misma de siempre, la más vieja de las maromas de postguerra. Se buscaba a alguien que fuera ciudadana legal, se casaba uno con ella, se esperaba un tiempo y luego se tramitaba el divorcio. Era una rutina que mucha gente practicaba. Resultaba muy cara y había muchos estafadores que se aprovechaban de ella.

Un amigo del trabajo lo puso en contacto con un blanco corpulento que se estaba quedando calvo y que respondía al nombre de El General. Se citaron en un bar. Antes de hablar de negocios, El General tenía que comerse dos órdenes de aros de cebolla frita. Mire amigo, dijo El General. Usted me da cincuenta billetes y yo le traigo a una mujer que esté interesada. Lo que decidan luego es cosa de ustedes. A mí lo único que me preocupa es que me paguen y a cambio garantizo que las mujeres que traigo son de carne y hueso. Si no llega a un acuerdo con ellas, no se le devuelve su dinero.

¿Y por qué coño no me las puedo buscar yo por mi cuenta?

Pues claro que puede. Le dio una palmadita a papi en la mano, manchándosela de aceite. Pero soy yo quien corre el peligro de tropezarse con los de Inmigración. Si a usted eso no le importa, entonces puede buscar por su cuenta lo que quiera.

Cincuenta dólares no era una suma exorbitante ni siquiera para papi, pero de todos modos le costaba trabajo desprenderse de ellos. No tenía problemas a la hora de invitar a una ronda en el bar o cuando veía un cinturón de un color que hacía juego con su ropa y con su estado de ánimo, pero aquello era diferente. No quería más cambios en su vida. No me malentiendan; no sería exacto decir que se estaba divirtiendo de lo lindo, no. Ya le habían robado dos veces. Le habían golpeado las costillas hasta dejárselas llenas de morados. Muchas veces bebía más de la cuenta y luego se iba a casa y se encerraba echando pestes mientras le daba vueltas la cabeza, enojado por haber sido tan estúpido de haber venido a este país donde hacía un frío del carajo, irritado por tener que masturbarse a sus años, cuando tenía esposa, e irritado por el modo de vida embrutecido que le imponían sus trabajos y la ciudad a la que se había ido a vivir. No tenía tiempo para dormir, no digamos ya para ir a un concierto o a los museos que ocupaban secciones enteras en las páginas de anuncios de los periódicos. Y las cucarachas. Las cucarachas que había en su piso eran tan atrevidas que ni siquiera se asustaban cuando encendía la luz. Movían las antenas de tres pulgadas de longitud como diciendo: Eh, tú, puto, apaga esa vaina. Se pasaba cinco minutos aplastando a pisotones sus caparazones y sacudiéndolas del colchón antes de dejarse caer en el camastro, y aun así las cucarachas se le paseaban por encima durante la noche. No, no sería exacto decir que se estaba divirtiendo de lo lindo, pero tampoco estaba preparado para iniciar el traslado de su familia. Legalizar su situación le permitiría pisar con fuerza el primer peldaño. No estaba muy seguro de que estuviera en condiciones de vernos las caras tan pronto. Se dirigió a sus amigos, la mayoría de los cuales se encontraban en una situación económica peor que la suya, pidiéndoles consejo.

Ellos supusieron que se mostraba reacio por causa del dinero. No seas pendejo, hombre. Dale a ese fulano el dinero que pide y ya está. Puede que te salga bien o puede que no. Así son las cosas. Esa gente levantó estos barrios sobre la mala suerte de los demás y tienes que acostumbrarte a ello.

Se encontró con El General frente a la Cafetería Boricua y le hizo entrega del dinero. Al día siguiente el tipo le dio un nombre: Flor de Oro. Por supuesto que no es su nombre auténtico, le dijo El General a papi. Sólo que me gusta que las cosas tengan un sabor histórico.

Se encontró con ella en la cafetería. Pidieron una empanada y un refresco para cada uno. Flor era una mujer práctica, de unos cincuenta años de edad. Llevaba el pelo gris recogido en un moño. Mientras papi hablaba, ella fumaba; tenía las manos moteadas, como una cáscara de huevo.

¿Usted es dominicana?

No.

Entonces debe de ser cubana.

Usted déme mil dólares y en cuanto se vea convertido en ciudadano americano tendrá demasiadas ocupaciones como para que le interese saber de dónde soy.

Eso me parece mucho dinero. ¿Cree usted que una vez que me concedan la ciudadanía podría hacer negocio casándome por ahí?

No lo sé.

Papi tiró dos billetes de un dólar encima del mostrador y se puso de pie.

¿Entonces cuánto? ¿Cuánto dinero tiene?

Trabajo tanto que el mero hecho de sentarme aquí con usted es como si me hubieran dado una semana de vacaciones. Aun así sólo tengo seiscientos dólares.

Busque otros doscientos y cerramos el trato.

Al día siguiente papi le llevó el dinero metido en una bolsa de papel arrugada y la mujer le entregó a cambio un recibo de color rosa. ¿Cuándo empezamos? preguntó él.

La semana que viene. Tengo que empezar el papeleo inmediatamente.

Papi atravesó el recibo con un alfiler y lo clavó en la pared, encima de la cabecera de la cama. Antes de acostarse comprobó que no había ninguna cucaracha agazapada debajo del papel. Entre sus amigos se creó un ambiente de gran expectación y el jefe que lo había contratado para que limpiara oficinas los invitó a todos a unos aperitivos y unos tragos en Harlem, donde resultó mucho más llamativo el hecho de que hablaran español que el estado lamentable de la ropa que llevaban. Papi no compartía el entusiasmo de sus compañeros; tenía la sensación de que había actuado con excesiva precipitación. Al cabo de una semana fue a ver al amigo que le había recomendado que se pusiera en contacto con El General.

Todavía no me ha llamado nadie, explicó. Su amigo estaba fregando un mostrador.

Ya te llamarán. Su amigo no levantó la vista. Una semana después, papi estaba tumbado en su camastro, borracho, solo, y era perfectamente consciente de que lo habían estafado.

Lo botaron de la agencia de limpiezas por derribar a su amigo de un puñetazo de lo alto de una escalerilla de madera. Después lo botaron del apartamento. Se tuvo que ir a vivir con una familia y encontró trabajo friendo alitas de pollo y arroz en una fonda china donde despa-

chaban comidas para la calle. Antes de irse del apartamento dejó constancia por escrito de lo que le había pasado en el recibo de color rosa y lo dejó clavado en la
pared a modo de advertencia para el bobo que viniera a
reemplazarlo. Ten cuidado, escribió. Esta gente son peor
que tiburones.

Por espacio de casi seis meses no envió ningún dinero
a casa. Cuando recibía carta de mami, la leía, la volvía a
doblar y la guardaba en sus raídas bolsas de equipaje.


Papi la conoció la víspera de Navidad, por la mañana, en
una lavandería. El estaba doblando pantalones y anu-
dando pares de calcetines húmedos. Ella era de baja estatura; por encima de las orejas le caían dos mechones de
pelo negro en forma de puñal. Papi le preguntó si le prestaba la plancha y ella se la dejó. Era originaria de La Ro-
mana, pero al igual que tantos dominicanos acabó por
trasladarse a la capital.

Voy allá como una vez al año, le dijo a papi. Normalmente por Pascua, a ver a mis padres y a mi hermana.

Yo hace mucho que me fui y aún no he vuelto. Todavía estoy tratando de juntar el dinero.

Irás, créeme. Yo tardé años antes de volver por primera vez.

Llevaba seis años en los Estados Unidos y tenía la ciudadanía. Su inglés era excelente. Mientras iban metiendo
sus cosas en una bolsa de nailon, papi consideró la posibilidad de preguntarle si quería ir con él a la fiesta. Un
amigo lo había invitado a cenar en una casa de Corona,
en Queens, donde se iba a juntar un grupo de dominicanos para celebrar la Nochebuena. Había ido a otra fiesta
en Queens y sabía que iba a abundar la comida, el baile y
las mujeres solteras.

Cuatro muchachos estaban intentando hacer saltar la placa metálica de una máquina secadora para poder llegar hasta el mecanismo que recogía las monedas. Se me ha atascado una puta moneda de veinticinco centavos, decía a gritos uno de los muchachos. En un rincón había un estudiante de medicina, vestido con una bata verde, leyendo una revista, procurando pasar desapercibido, pero en cuanto los muchachos se cansaron de intentar forzar la secadora, le cayeron encima. Le quitaron la revista de un tirón y se pusieron a registrarle los bolsillos. El trató de zafárselos a empujones.

¡Eh! dijo papi. Los muchachos le hicieron un gesto obsceno y salieron corriendo de la lavandería. ¡Que se jodan todos los spiks! gritaron.

Negros de mierda, masculló el estudiante de medicina. Papi cerró la bolsa tirando del cordón corredizo y decidió no invitar a la mujer. Conocía bien la norma: Extraña es la mujer que va a lugares extraños con un completo extraño. En cambio, papi le preguntó si podría practicar el inglés con ella algún día. Tengo verdadera necesidad de practicar, dijo. Y me gustaría pagarte.

La mujer se rió. No seas ridículo. Pasa a verme cuando puedas. Apuntó su número de teléfono y su dirección. Tenía la letra torcida.

Papi aguzó la vista y leyó el papel. ¿No vives por aquí?

No, pero mi prima sí. Te puedo dar su número de teléfono si quieres.

No, así está bien.

En la fiesta se lo pasó en grande e incluso logró evitar el ron y las cajas de seis cervezas que le gustaba tomar. Se sentó con dos mujeres mayores y con sus maridos, con un plato de comida en el regazo (ensalada de papa, pollo asado, tostones, medio aguacate y una pizca de mondongo como señal de cortesía hacia la mujer que lo trajo) y estuvo hablando de cuando vivía en Santo Domingo. Fue una noche grata y lúcida que se le quedó grabada en la memoria. Llegó a casa contoneándose a eso de la una de la madrugada, con una bolsa de plástico llena de comida y una telera debajo del brazo. Le dio el pan al hombre que dormía aterido de frío en el zaguán del edificio.

Cuando llamó a Nilda por teléfono unos días después, contestó una muchacha que hablaba cortésmente, espaciando mucho las palabras, y le dijo que estaba trabajando. Papi dio su nombre y volvió a llamar por la noche. Cogió el teléfono Nilda.

Ramón, tenías que haberme llamado ayer. Era un buen día para empezar, ya que ninguno de los dos trabajábamos.

Quería dejarte celebrar las fiestas con tu familia.

¿Familia? cloqueó ella. Sólo tengo a mi hija aquí. ¿Qué haces ahora? A lo mejor quieres hacerme una visita.

No me gustaría entrometerme, dijo. Papi era un tipo astuto, eso hay que reconocerlo.

Era propietaria del piso superior de una casa ubicada en una calle inhóspita y tranquila en Brooklyn. Era una casa limpia, con los suelos recubiertos por láminas abombadas de linóleo barato. A Ramón le pareció que Nilda tenía gustos de clase baja. Combinaba estilos y colores como si fuera una niña mezclando pinturas o distintas clases de arcilla. En el centro de una mesa baja de cristal un elefante de escayola de color naranja chillón se alzaba sobre las patas traseras. De una pared colgaban unos tapices representando una manada de potros salvajes y en la pared de enfrente se veían las siluetas de unos cantantes africanos, recortadas en vinilo. Todas las habitaciones contaban con la presencia apacible de unas plantas artificiales. Su hija Milagros era cortés hasta la exasperación y parecía ser la dueña de un repertorio infinito de vestidos que parecían más adecuados para la celebración de fiestas de quinceañeras que para el uso diario. Cuando papi iba de visita se ponía unas gruesas gafas de sol y se sentaba delante del televisor, con las piernas flacas cruzadas. Nilda tenía la despensa bien surtida y papi cocinaba para ella, recurriendo a su reserva inagotable de recetas cubanas y cantonesas. El plato que mejor le salía era la ropa vieja y se puso muy contento al ver que la había dejado sorprendida. Te debería contratar como cocinero.

Le gustaba hablar del restaurante del que era propietaria y de su ex-marido, que tenía la costumbre de golpearla y siempre daba por supuesto que sus amigos podían comer gratis. Durante las clases Nilda perdía horas enteras pasando las hojas de unos álbumes de fotos de gran tamaño, mostrándole a papi las distintas fases del desarrollo biológico de Milagros, como si se tratara de un insecto exótico. Papi no mencionó que tenía familia. Al cabo de dos semanas de clases de inglés, papi besó a Nilda. Estaban sentados en un sofá cubierto con una funda de plástico; en la habitación contigua se oía la retransmisión de un programa concurso por televisión y papi tenía los labios manchados de la grasa del pollo que había guisado Nilda.

Creo que es mejor que te vayas, dijo ella.

¿Quieres decir ahora?

Sí, ahora.

Papi agarró su chamarra lo más lentamente que pudo, con la esperanza de que se retractara. Nilda abrió la puerta de par en par y la cerró apresuradamente. Papi regresó en tren a Manhattan y se pasó todo el trayecto maldiciéndola. Al día siguiente, en el trabajo, les dijo a sus compañeros que estaba loca y que tenía una ser-

piente enroscada en el corazón. Tenía que haberme dado
cuenta antes, dijo con amargura. Una semana después
había vuelto a su casa y estaba rallando cocos y hablando
en inglés. Lo volvió a intentar y ella lo volvió a botar de
casa.

Cada vez que la besaba lo botaba. Hacía un invierno
muy frío y papi no tenía buena ropa de abrigo. Por aquel
entonces nadie se compraba un abrigo, según me contó
papi, porque nadie esperaba quedarse tanto tiempo. Así
que yo seguí yendo a verla y en cuanto se me presentaba
la ocasión, la besaba. Ella se ponía tensa y me decía que
me fuera, como si la hubiera golpeado. Así que yo la volvía a besar y ella decía: Oh, ahora sí que creo que es
mejor que te vayas. Estaba loca esa mujer. Yo seguí insis-
tiendo y un día me devolvió el beso. Por fin. A aquellas
alturas me conocía todos los malditos trenes que había
en la ciudad y me había comprado un abrigo de lana
enorme y dos pares de guantes. Parecía un esquimal, mejor dicho, un gringo.

Al cabo de un mes papi dejó su apartamento y se fue
a vivir a la casa de Brooklyn. Se casaron en marzo.


A pesar de que lucía anillo de casado, papi no represen-
taba el papel de esposo. Vivía en casa de Nilda, compartía
su cama, no pagaba renta, se alimentaba de su comida,
hablaba con Milagros cuando no funcionaba el televisor
y tenía un juego de pesas instalado en el sótano. Había
recobrado la salud y le gustaba sacar músculo, mostrándole a Nilda lo duros y abultados que tenía el bíceps y el
tríceps. Se compraba camisas de talla intermedia, para
que le quedaran ajustadas.

Tenía dos empleos que le quedaban cerca de casa. El
primero en una tienda de radiadores, donde trabajaba

haciendo soldaduras, casi siempre taponando orificios; el otro en un restaurante chino donde trabajaba de cocinero. Los dueños del restaurante eran chino-cubanos; les salía mejor el arroz negro que la carne frita de cerdo con arroz y les encantaba pasarse las horas muertas que mediaban entre el almuerzo y la cena jugando dominó con papi y los demás ayudantes de cocina, golpeando con las fichas en lo alto de unos enormes bidones de manteca de freír. Un día, mientras se sumaba el total de puntos que había hecho, papi les habló a aquellos hombres de la familia que tenía en Santo Domingo.

El cocinero jefe, un hombre tan flaco que le llamaban El Aguja, reaccionó con acritud. No te puedes olvidar de tu familia así como así. ¿Acaso ellos no te dieron el dinero necesario para que te vinieras?

No me olvido de ellos, dijo papi a la defensiva. Ahora mismo no me viene bien hacerles venir. Tengo que pagar muchas cuentas.

¿Qué cuentas?

Papi se quedó pensando un momento. La luz eléctrica. Me sale carísima. En mi casa hay ochenta y ocho bombillos.

¿En qué clase de casa vives?

En una muy grande. En las casas antiguas hacen falta muchos bombillos, por si no lo sabías.

Comemierda. Nadie tiene semejante cantidad de bombillos en su casa.

Más vale que juegues más y hables menos si no quieres que me lleve todo tu dinero.

Aquellos sermones no debieron hacerle mucha mella en la conciencia, pues aquel año no mandó dinero alguno.

Nilda se enteró de que papi tenía otra familia a través de una red de amistades que llegaba hasta el Caribe. Era inevitable. Se molestó mucho y papi tuvo que sacar a relucir sus mejores dotes de actor para convencerla de que ya no le importábamos. Cuando mami se sirvió de una red de amigos semejante para tratar de dar con su paradero en tierras del norte, papi tuvo la afortunada ocurrencia de indicarle que mandara sus cartas al restaurante donde trabajaba y no a casa de Nilda.

Al igual que sucedía con los demás inmigrantes de su círculo, Nilda se pasaba la mayor parte del tiempo en el trabajo. La pareja solía verse casi siempre por la noche. Además de ser la dueña de un restaurante famoso por el soberbio sancocho con rajas de aguacate que daban, Nilda tenía un método para obligar a sus clientes a que contrataran sus servicios como costurera. En cuanto veía a un hombre con un desgarrón en la camisa de trabajo o una mancha de aceite de máquina en el dobladillo del pantalón, le decía que le llevara la prenda, que ella se encargaría de arreglar el desperfecto por poco dinero. Tenía la voz chillona y siempre conseguía que todo el restaurante se fijara en las ropas que necesitaban cuidado y eran muy pocos los que, ante las miradas de los compañeros de trabajo, lograban resistirse a Nilda. Se llevaba la ropa a casa en una bolsa de basura y se pasaba el tiempo libre cosiendo y escuchando la radio, y sólo se levantaba para ir a buscarle una cerveza a Ramón o para cambiarle el canal de televisión. Cuando tenía que llevar a casa el dinero de la caja registradora, su habilidad para esconderlo rayaba en lo milagroso. En el monedero sólo llevaba monedas y para cada viaje buscaba un escondrijo nuevo. Normalmente forraba el sostén con billetes de veinte dólares, como si cada copa fuera un nido, pero tenía otras estratagemas que dejaban a papi asombrado. Después de un día agotador majando plátanos y sirviendo comida a los trabajadores, lograba embutir casi

novecientos dólares en billetes de veinte y de cincuenta
en una bolsa de sándwich y luego hacía pasar la bolsa por
el cuello de una botella de malta. A continuación metía
un sorbete y se iba a casa haciendo como que bebía. En el
tiempo que vivió con papi jamás perdió ni una moneda
de cobre de un centavo. Si no se encontraba demasiado
fatigada le gustaba jugar a que él adivinara dónde había
escondido el dinero y cada vez que papi se equivocaba se
quitaba una prenda de vestir hasta que se descubría el escondrijo.

Por aquella época el mejor amigo de papi era un vecino de Nilda que se llamaba Jorge Carretas Lugones,
también conocido en el barrio como Yo-Yo. Yo-Yo era
puertorriqueño, medía cinco pies de altura, tenía la piel
clara, salpicada de lunares, y ojos de color azul larimar.
Cuando salía a la calle lucía una pava, que llevaba ladeada al estilo de antes, y en los bolsillos de la camisa le aso-
maba una pluma y toda clase de boletos de la lotería
local, y cualquiera que lo viese lo habría tomado por un
estafador profesional. Yo-Yo era dueño de dos puestos
ambulantes de perritos calientes y copropietario de un
colmado muy próspero. En otro tiempo el local había tenido muy mal aspecto, todo lleno de maderas podridas y
baldosas resquebrajadas, pero un invierno dedicó cuatro
meses junto con sus dos hermanos a sacar toda la porquería hasta dejar el lugar completamente rehabilitado.
Durante ese tiempo siguió ejerciendo de taxista y trabajando como traductor y redactor de cartas para un cliente
particular. Atrás quedaron los años en que tenía que doblar el precio del papel higiénico, el jabón y los pañales
para poder pagar a los tiburones que le habían hecho
préstamos. Las cámaras frigoríficas que ocupaban toda
una pared eran nuevas, al igual que la máquina expen-
dedora de boletos de lotería, con sus luces brillantes de

color verde. Yo-Yo despreciaba a los dueños de establecimientos que siempre tenían una multitud de parásitos haraganeando en el colmado, hablando del sabor de la yuca y contando el último polvo que se habían echado. Y a pesar de que el vecindario era violento (aunque no tanto como su antiguo barrio de San Juan, donde había visto a sus amigos perder algún que otro dedo en duelos de machete), Yo-Yo no tuvo necesidad de poner una verja metálica para proteger el negocio. Los muchachos del barrio lo dejaban en paz, prefiriendo aterrorizar a una familia paquistaní que era propietaria de otro establecimiento en la misma calle, más abajo. La familia tenía un supermercado de productos asiáticos que parecía la celda de una penitenciaría, con las ventanas protegidas por redes metálicas y las puertas reforzadas con placas de acero.

Yo-Yo y papi se veían muchas veces en un bar cercano. Papi tenía el don de reírse en el momento oportuno y su risa se le contagiaba a cuantos tenía alrededor. Se pasaba el tiempo leyendo periódicos y de vez en cuando un libro, y daba la impresión de que sabía muchas cosas. Yo-Yo vio en papi a un hermano más, un hombre que no había tenido suerte en el pasado y necesitaba que alguien lo orientase. Yo-Yo ya había rehabilitado a dos de sus hermanos, los cuales estaban en camino de adquirir un negocio propio.

Ahora que tienes casa y los papeles en regla, le decía Yo-Yo a papi, tienes que saber sacar partido a tu situación. Dispones de tiempo; no te tienes que romper el culo para pagar la renta, así que empléalo bien. Ahorra dinero y cómprate un pegueño negocio. Si quieres te vendo a buen precio uno de mis dos carros de perritos calientes. Verás como le sacas plata. Luego te traes a tu familia, te compras una buena casa y amplías el negocio. Así es como funciona el sistema americano.

Papi quería tener su propio negocio, era su sueño, pero se mostraba reacio a empezar desde abajo, vendiendo perritos calientes. Aunque la mayoría de los hombres que conocía estaban peor que en la ruina, había visto que unos pocos, recién desembarcados, se habían sacudido el agua de la espalda y habían pasado a integrarse de golpe en los estratos inferiores de la sociedad norteamericana. Se imaginaba a sí mismo dando aquel salto, en vez de arrastrarse lentamente por el lodo. En qué iba a consistir y cuándo iba a tener lugar, eso no lo sabía.

Quiero hacer una buena inversión, le dijo a Yo-Yo. La alimentación no es lo mío.

¿Y qué es lo tuyo si se puede saber? preguntó Yo-Yo. Los dominicanos llevan lo de los restaurantes en la sangre.

Ya lo sé, dijo papi, pero la alimentación no es lo mío.

Peor aún, Yo-Yo hizo un comentario hiriente, aludiendo a la lealtad que se debe tener a la familia, y papi se quedó intranquilo. Cada vez que su amigo le proponía algo, le pintaba una situación en la que papi acababa viviendo junto a su familia, rodeado del cariño de los suyos. A papi le resultaba difícil separar las dos facetas del credo de su amigo, por un lado los negocios y por otro la familia. Al final las dos cosas se entremezclaban de manera irremediable.

Con el ajetreo de su nueva vida, a papi le tendría que haber resultado fácil enterrar el recuerdo de su primera familia, pero ni su conciencia ni las cartas que le mandaban de casa y que siempre acaban dando con él dondequiera que fuera se lo permitían. Las cartas de mami llegaban con la misma regularidad con que se sucedían los meses y le caían como bofetadas que le iban corroyendo el ánimo. En aquella época mantenían una correspondencia unilateral; papi leía las cartas que le enviaban, pero no las contestaba. Al abrir el sobre hacía una mueca de dolor adivinando el contenido. Mami le contaba detalladamente los padecimientos de sus hijos. El más pequeño estaba tan anémico que la gente se creía que acababa de resucitar de entre los muertos; el mayor se pasaba el día jugando en el barrio, desgarrándose los pies y dándose de puñetazos con otros muchachos que supuestamente eran sus amigos. Mami se negaba a hablar de sí misma. Le decía a papi que era un desgraciado y un puto de la peor calaña por haber abandonado a su familia; le llamaba gusano traidor y le decía que se dedicaba a comer ladillas, que no tenía pinga ni bolas y que era un cabrón. Papi le mostraba las cartas a Yo-Yo, a menudo en momentos en que estaba borracho y lleno de amargura, y Yo-Yo sacudía la cabeza y hacía señas al mozo para que les sirviera otras dos cervezas. Mira, mi compadre, tú has hecho muchas cosas que están mal. Si sigues así tu vida va a saltar en pedazos.

¿Y qué diablos puedo hacer? ¿Qué quiere esa mujer de mí? Le he estado mandando dinero. ¿Es que quiere que me muera de hambre aquí?

Tú y yo sabemos muy bien lo que tienes que hacer. Eso es cuanto puedo decir, de lo contrario estaría gastando saliva.

Papi se sentía perdido. Algunas noches a la salida del trabajo cometía la imprudencia de regresar a casa dando un largo paseo y más de una vez llegó con los nudillos despellejados y la ropa revuelta. En primavera nació el niño que tuvo con Nilda; le pusieron Ramón e hicieron una fiesta, pero entre sus amigos no había espíritu de celebración. Había muchos que sabían la verdad. Nilda se dio cuenta de que algo no iba bien, de que había una parte de él que se encontraba retenida en otro lugar, pero cada vez que quería sacar el tema papi le decía que no era nada, nunca era nada.

Con una regularidad que acabó siendo aleccionadora, Yo-Yo le pedía a papi que lo llevara en automóvil al aeropuerto Kennedy para recoger a algún pariente que con el respaldo legal de Yo-Yo venía a los Estados Unidos con ánimo de triunfar a lo grande. A pesar de su prosperidad económica, Yo-Yo no tenía carro ni sabía manejar. Papi le pedía prestada la camioneta Chevy a Nilda y bregaba con el tránsito por una hora hasta que llegaba al aeropuerto. Dependiendo de la estación del año, Yo-Yo llevaba unos cuantos abrigos o una nevera portátil llena de refrescos que cogía del colmado, detalle sumamente raro, pues una de sus reglas de oro decía que jamás había que mermar las reservas del negocio en beneficio personal. En la terminal, papi se quedaba atrás, con las manos en los bolsillos y la gorra calada, mientras Yo-Yo se abalanzaba para recibir a su familia. Papi ya hablaba el inglés bien y se vestía mejor. Yo-Yo se ponía como loco cuando veía a sus parientes dando tumbos al pasar por la puerta de llegada, deslumbrados y sonrientes, cargando cajas de cartón y bolsas de lona. Había profusión de lágrimas y abrazos. Yo-Yo presentaba a Ramón como hermano suyo y Ramón se veía arrastrado al círculo de gente que lloraba. Para Ramón resultaba bastante sencillo efectuar un trueque de rostros entre los recién llegados e imaginar que su esposa y sus hijos se encontraban allí.

Volvió a enviar dinero a su familia de la isla. Nilda reparó en que le pedía dinero para comprar cigarrillos y jugar a la lotería. ¿Para qué necesitas mi dinero? se quejó. ¿No tienes un trabajo? Tenemos un bebé que cuidar y muchas cuentas que pagar.

Es que se ha muerto uno de mis hijos, dijo él. Tengo que pagar los gastos del velorio y del funeral. Así que déjame en paz.

¿Por qué no me lo dijiste?

Papi oculta el rostro tras las manos, pero cuando las retira, ella le sigue mirando fijamente, con aire escéptico.

¿Cuál de ellos? exige saber. Papi hace un gesto torpe con la mano. Nilda se deja caer en un asiento y ninguno de los dos dice una palabra.


Papi consiguió un trabajo protegido por la unión sindical en la fábrica de aluminio Reynolds, en West New York, donde le pagaban el triple de lo que ganaba en la tienda de radiadores. Tardaba casi dos horas en llegar, tras lo cual le esperaba un día de trabajo que le dejaba los tendones reventados, pero lo hacía de buena gana, ya que el sueldo y los beneficios eran excepcionales. Era la primera vez que se alejaba del palio protector de sus compañeros inmigrantes. Había mucho racismo. Informaron a sus jefes de las dos peleas en que se vio implicado, y lo sometieron a un período de prueba. Superó el período de prueba, le subieron el sueldo y logró el nivel de rendimiento más alto de su departamento y al mismo tiempo el peor horario de trabajo de toda la fábrica. Los blancos siempre les asignaban los peores turnos a él y a su amigo Chuito. ¿Sabes qué? les decían, dándoles una palmadita en la espalda. Necesito pasar un tiempito con mis niños esta semana. Sé que a ti no te importaría sustituirme tal o cual día.

No, amigo, decía papi, no me importaría. En una ocasión Chuito se quejó a los encargados y le llamaron la atención por escrito por *falta de consideración hacia los sentimientos familiares del departamento.* A partir de entonces los dos hombres comprendieron que era mejor no abrir la boca.

Al final de la jornada, papi estaba demasiado agotado como para ir a ver a Yo-Yo. Disfrutaba de la cena y luego se sentaba cómodamente a ver los programas de dibujos de Tom y Jerry, que le encantaban por su violencia y por su capacidad de resistencia. Nilda, ven a ver esto, decía a gritos, y ella aparecía dócilmente, con varias agujas en la boca y cargando el bebé en brazos. Papi soltaba tales carcajadas que hasta Milagros, que estaba en el piso de arriba, se empezaba a reír, pese a que no había visto nada. ¡Ay, qué maravilla! decía. ¡Pero mira eso! ¡Si se están matando!

Un día se saltó la cena y la velada delante del televisor y se fue con Chuito en carro a New Jersey, a una pequeña localidad en las afueras de Perth Amboy. Chuito estacionó el Gremlin en un barrio en construcción. Había cráteres enormes excavados en la tierra y altísimos zigurats de ladrillos ocre listos para transformarse en edificios. Estaban instalando millas de tuberías nuevas y en el aire había un tufo acre a sustancias químicas. Hacía una noche fresca. Los dos hombres anduvieron merodeando por entre los hoyos y los camiones inmóviles.

Tengo un amigo que anda buscando gente para que trabaje en este lugar.

¿En construcción?

No. Cuando terminen de levantar este barrio se necesitarán superintendentes que se encarguen de todo. Que haya agua caliente, que no haya fugas en las llaves del agua, cambiar una baldosa del cuarto de baño. Te pagan un salario y te dan vivienda gratis. Vale la pena tener un trabajo así. Las poblaciones de los alrededores son tranquilas, mucho norteamericano de buena fe. Escucha Ramón, si quieres te puedo conseguir trabajo aquí. Sería un buen sitio para venirse a vivir. Es seguro y está lejos de la ciudad. Voy a poner tu nombre al principio de la lista y cuando hayan terminado de edificar este lugar tendrás un trabajo bueno y fácil.

Suena mejor que un sueño.

Nada de sueños. Esto es real, compadre.

Los dos hombres inspeccionaron el lugar por espacio de una hora y luego se encaminaron de regreso a Brooklyn. Papi iba callado. Cobraba forma un plan. Allí era adonde tenía que trasladarse con su familia si alguna vez dejaban la isla. A un lugar tranquilo, cerca de su trabajo. Y lo más importante de todo, los vecinos no lo conocerían a él ni a la esposa que tenía en los Estados Unidos. Cuando llegó a casa aquella noche no le dijo ni media palabra a Nilda acerca del lugar donde había estado. Le traía sin cuidado que ella pudiera sospechar algo o que le gritara por tener los zapatos manchados de lodo.

Papi siguió enviando dinero a la República Dominicana y acumulando una buena suma en la caja fuerte de Yo-Yo con la que algún día pagaría el precio de los boletos de avión. Y una buena mañana en la que el sol inundaba toda la casa y el cielo estaba tan delicado y tan azul que no podía ni con el peso de una nube, Nilda dijo: Quiero ir a la isla este año.

¿Lo dices en serio?

Quiero ver a mis viejos.

¿Y el niño?

El niño aún no ha ido, ¿verdad?

No.

Pues debería conocer su patria. Me parece importante.

Estoy de acuerdo, dijo, y dio unos golpecitos en su mantel individual con un bolígrafo que tenía en la mano. Parece que lo dices en serio.

Así es.

Puede que vaya contigo.

Si tú lo dices. No le faltaban motivos para dudar de él; papi era muy bueno a la hora de hacer planes, pero rematadamente malo a la hora de cumplirlos. Y no dejó de dudar de él hasta que lo vio en el avión, sentado junto a ella, examinando con nerviosismo los folletos, la bolsa vomitoria y las instrucciones de seguridad.

Pasó cinco días en Santo Domingo. Se alojó en casa de la familia de Nilda, en el límite occidental de la ciudad. La casa estaba pintada de color naranja brillante y en sus proximidades había una rancheta con el techo hundido y una pocilga en la que había un cerdo dando vueltas. Homero y Josefa, los tíos de Nilda, fueron a recogerlos al aeropuerto y luego los llevaron hasta la casa en taxi. Les cedieron el "aposento" y ellos se quedaron a dormir en el otro cuarto, la "sala".

¿Vas a ir a verlos? le preguntó Nilda la primera noche. Los dos estaban escuchando los ruidos que hacían sus estómagos respectivos tratando de digerir una comilona a base de yuca e hígado. Afuera, peleaban los gatos.

Puede ser, dijo. Si me alcanza el tiempo.

Sé muy bien que es la única razón por la que estás aquí.

¿Qué tiene de malo que un hombre vaya a ver a su familia? Si tuvieras que ver a tu primer marido por algún motivo, yo te lo permitiría, ¿no?

¿Ella sabe de mí?

Por supuesto que sabe de ti. Pero eso ya no importa. Ella es cosa del pasado.

Nilda no contestó. Papi escuchó con mucha atención los latidos de su propio corazón y se quedó pensando en que era un órgano de lo más escurridizo y engañoso.

En el avión se había sentido seguro de si mismo. Habló con la vieja que estaba sentada al otro lado del pasillo, y le contó que estaba muy ilusionado. Siempre es bueno volver al país de uno, dijo ella con voz trémula. Yo voy siempre que puedo, cosa que ya no sucede muy a menudo. Las cosas no van bien.

Viendo el país en que había nacido, viendo a su gente en control de todo, sintió que no estaba preparado. El aire le salía a presión de los pulmones. Hacía casi cuatro años que no se atrevía a hablar español en voz alta delante de los norteamericanos y ahora oía que todo el mundo lo hablaba a voz en cuello.

S le abrieron los poros y transpiró como no transpiraba desde hacía años. En la ciudad reinaba un calor espantoso y el polvo rojo que flotaba en el aire le secó la garganta y le obstruyó la nariz. La pobreza —niños sucios que señalaban con aire lúgubre sus zapatos nuevos, familias hacinadas en chozas— le resultó sofocante y familiar.

Se sintió turista, yendo en guagua a Boca Chica y haciéndose fotografiar con Nilda delante del Alcázar de Colón. Se vio obligado a comer dos o tres veces al día en casa de los diversos amigos de la familia de Nilda; a fin de cuentas era su nuevo marido, había triunfado y acababa de llegar del norte. Estuvo viendo cómo Josefa desplumaba una gallina. Los plumones se adherían a las manos de la mujer y cubrían todo el piso, y papi recordó las muchas veces que él había hecho lo mismo allá en Santiago, donde tuvo su primer hogar, del que había dejado de formar parte.

Intentó ver a su familia, pero cada vez que se decidía, su resolución se desbarataba como el huracán dispersa la hojarasca. En lugar de ello fue a ver a sus antiguos amigos de la guardia y se bebió seis botellas de Brugal en seis días. Finalmente, al cuarto día de su visita, se vistió con la mejor ropa prestada que logró encontrar y se metió doscientos dólares en el bolsillo. Cogió una guagua que bajaba por la Sumner Welles, que era el nombre nuevo de la calle XXI, y se fue hasta el corazón de su antiguo barrio. Había colmados en cada cuadra y no había una sola pared ni una sola cerca que no estuviera cubierta de carteles. Los niños jugaban a perseguirse unos a otros con trozos de carbonilla que habían cogido de unos edificios cercanos. Algunos arrojaron piedras contra la guagua y el impacto metálico sobresaltó a los pasajeros, que se enderezaron dando un respingo. La guagua avanzaba con lentitud exasperante, y daba la impresión de que había una parada cada cuatro pies. Por fin se bajó y caminó dos cuadras hasta llegar al cruce de la XXI con Tunti. El aire debía de estar muy enrarecido y el sol parecía que le estaba pegando fuego al pelo. Por la cara le caía el sudor a chorros. Seguramente vio a alguna gente conocida. Jayson sentado delante de su colmado con aire taciturno, un soldado metido a bodeguero. Chicho, royendo un hueso de pollo, con una hilera de zapatos recién lustrados a sus pies. Puede que papi se detuviera allí, incapaz de seguir adelante, o puede que llegara hasta la casa, que no habían vuelto a pintar desde el día que se fue. Puede que incluso se detuviera delante de nuestra casa y se quedara un rato allí parado, esperando a que sus hijos salieran y se dieran cuenta de que era él.

Al final no llegó a visitarnos. Si mami llegó a enterarse por medio de sus amistades de que papi estaba de visita en la ciudad en compañía de su otra esposa, a nosotros nunca nos lo dijo. Para mí su ausencia era algo sin suturas. Y si se me acercó algún desconocido mientras estaba jugando y se nos quedó mirando fijamente a mí y a mis hermanos, ahora no lo recuerdo.

De vuelta en Nueva York, a papi le costó mucho esfuerzo
volver a la rutina. Llamó al trabajo diciendo que estaba
enfermo y se tomó dos o tres días libres, los primeros de
su vida, y se pasó todo el tiempo delante del televisor y
en el bar. Rechazó dos ofertas de negocio que le hizo Yo-
Yo. La primera terminó en fracaso absoluto y le costó a
Yo-Yo "el oro de los dientes", pero la otra, una tienda
para inmigrantes recién desembarcados, en la calle
Smith, que tenía un baratillo en el sótano, con grandes
canastas llenas de ropa extra de fábrica y una enorme es-
tantería para comprar a plazos, daba dinero a montones.
Papi le recomendó a Yo-Yo que fuera a echar un vistazo
a aquel lugar; a él le había hablado del traspaso Chuito,
que todavía vivía en Perth Amboy. Aún no se habían
inaugurado los apartamentos de London Terrace.

Después del trabajo, Papi y Chuito se iban de parranda a los bares de las calles Elm y Smith y de vez en
cuando papi se quedaba a dormir en Perth Amboy. Nilda
no había parado de engordar desde el nacimiento del tercer Ramón y aunque a papi le gustaban las mujeres lleni-
tas, estaba en contra de la obesidad y no tenía muchas
ganas de ir por casa. ¿A quién le hace falta una mujer
como tú? le decía. La pareja discutía a todas horas. Hubo
cambios de cerraduras, puertas rotas e intercambios de
bofetadas, pero seguían durmiendo juntos los fines de semana y alguna noche de diario.

En pleno verano, cuando el humo que soltaban los
motores diesel de las carretillas elevadoras impregnaba el
aire de los almacenes de un olor a papas asfixiante, papi
estaba ayudando a otro obrero a empujar una caja
cuando sintió una sacudida de dolor en el centro de la columna vertebral. ¡Tú, estúpido, sigue empujando! rugió
el otro hombre. Tirando de la camisa de trabajo hasta

arrancársela de la pechera, papi se volteó hacia la derecha, luego hacia la izquierda, algo le crujió por dentro y eso fue todo. Cayó de rodillas. Sintió una punzada como si dentro de su cuerpo le hubieran prendido fuego a mil petardos a la vez. El dolor era tan intenso que vomitó sobre el piso de cemento del almacén. Sus compañeros de trabajo lo trasladaron al comedor. Repetidamente, por espacio de dos horas, intentó caminar sin conseguirlo. Chuito abandonó su sección y bajó a verlo. Estaba preocupado por su amigo, pero también se sentía intranquilo por si su jefe se molestaba porque hubiera interrumpido su trabajo sin permiso. ¿Cómo estás? le preguntó.

No muy bien. Tienes que sacarme de aquí.

Sabes que no me puedo ir.

Entonces pídeme un taxi. Que me lleve a casa. Como si fuera un accidente laboral cualquiera. Creía que si lo llevaban a casa estaría a salvo.

Chuito le pidió un taxi; ningún otro empleado perdió un segundo de su tiempo ayudándole a caminar.

Nilda lo acostó y dejó a una prima suya a cargo del restaurante. Jesú, gimió papi dirigiéndose a Nilda. Debía habérmelo tomado con un poco más de calma. ¿Sabes? Si hubiera llegado a aguantar un poco más habría llegado a casa a la vez que tú. Sólo un par de horas más.

Nilda fue a la botánica a comprar un emplasto y luego bajó por aspirinas a la bodega. Vamos a ver cómo actúa este antiguo remedio mágico, dijo, untándole el emplasto en la espalda.

Por espacio de dos días no fue capaz de mover ni la cabeza. Apenas comía, sólo las sopas que le preparaba Nilda. Más de una vez se quedó dormido y al despertarse se encontró con que Nilda había salido a buscar pócimas de hierbas, dejando a Milagros a su lado, que lo miraba con aire grave a través de aquellas gafas enormes que le daban aspecto de búho. M'ija, dijo él. Siento como si me estuviera muriendo.

No te vas a morir, dijo la muchacha.

¿Y si me muero qué?

Que mamá se queda sola.

Papi cerró los ojos y rezó pidiendo que Milagros se esfumara. Cuando los volvió a abrir, efectivamente se había esfumado y Nilda entraba por la puerta cargando una bandeja muy vieja en la que se veía un remedio nuevo y humeante.

Al cuarto día logró incorporarse y llamar por teléfono desde la cama para comunicar que seguía enfermo. Le dijo al encargado del turno de la mañana que tenía dificultades para moverse. Creo que voy a guardar cama, dijo. El médico le dijo que se pasara a recoger la baja por enfermedad. Papi le pidió a Milagros que buscara un abogado en las páginas amarillas. Estaba pensando en denunciarlos. Empezó a soñar. Tenía sueños fantasiosos en los que aparecían anillos de oro y una casa muy espaciosa llena de pájaros tropicales enjaulados en las habitaciones, una casa acariciada por la brisa marina. La abogado con quien se puso en contacto sólo se ocupaba de tramitar divorcios, pero le dio el número de teléfono de su hermano.

Nilda no era muy optimista con respecto a aquel plan. ¿Crees que los gringos se van a desprender de su dinero así como así? El motivo por el que están tan pálidos es que les entra pánico de pensar en la posibilidad de quedarse sin nada de plata. ¿Has hablado con el hombre al que estabas ayudando cuando te pasó eso? Lo más seguro es que testifique a favor de la empresa para no quedarse sin trabajo como te va a pasar a ti. Y seguramente, encima le subirán el sueldo al muy maricón.

No soy un trabajador ilegal, dijo. La ley me protege.
Creo que será mejor que lo olvides.

Llamó a Chuito para sondear su opinión. Chuito tampoco se mostró muy optimista. El jefe sabe qué andas tramando. No le gusta, compadre. Dice que más te vale que vuelvas al trabajo o estás despedido.

Como le flaqueaba el coraje, papi consultó a un médico por su cuenta, pidiéndole que valorara los daños y perjuicios. Muy posiblemente, el pie de su padre le andaba rondando la cabeza. Su padre, José Edilio, un vago bocón y jodón que nunca se casó con la madre de papi a pesar de lo cual tuvo nueve hijos con ella, intentó una jugada parecida cuando trabajaba en la cocina de un hotel de Río Piedra. A José le cayó por accidente una lata de tomates estofados en lo alto de un pie. Se rompió dos huesecillos, pero en vez de ir al médico, José siguió trabajando, cojeando por toda la cocina. Todos los días, cuando llegaba al trabajo, sonreía a sus compañeros y decía: Creo que ya va siendo hora de ocuparse de esto. Estrelló otra lata contra el pie, pensando que cuanto peor se le pusiera más dinero le darían cuando por fin se lo enseñara a los jefes. Cuando le contaron a papi aquella historia siendo un muchacho, sintió lástima y vergüenza. Según los rumores, el abuelo iba por el barrio buscando a alguien dispuesto a darle con un bate de béisbol en el pie. Para el viejo, era una inversión, una herencia que bruñía y acariciaba, hasta que la infección llegó a tal punto que le tuvieron que amputar medio pie.

Después que pasó otra semana sin que lo llamara ningún abogado, papi fue a ver al médico de su empresa. Sentía la columna como si la tuviera llena de cristales rotos, pero el médico de la empresa le dio tres semanas de baja por enfermedad. Haciendo caso omiso de las instrucciones que tenía que seguir con la medicación, papi se tomaba diez píldoras diarias para aliviar el dolor. Se mejoró. Cuando volvió a su puesto, era capaz de desempeñar su trabajo, y con eso bastaba. No obstante, cuando llegó el momento de revisarle el sueldo, los jefes votaron por unanimidad en contra de que se lo subieran. Lo degradaron, volviéndole a asignar el turno rotatorio que había tenido cuando empezó a trabajar.

En lugar de lamerse las heridas le echó la culpa a Nilda. Le empezó a decir que era una puta. Se volvieron a pelear con vigor renovado; el elefante de color naranja salió volando por los aires y perdió un colmillo. Lo botó de casa en dos ocasiones, pero después de pasar unas semanas de prueba en casa de Yo-Yo, le dejó volver. Veía menos a su hijo. Evitaba todo contacto con la rutina de su alimentación y su cuidado diario. El tercer Ramón era un niño guapo que correteaba incansablemente por toda la casa, a toda velocidad y con la cabeza inclinada hacia delante, como si fuera un ariete. A papi le gustaba jugar con el niño; lo arrastraba por el piso tirándole de un pie y le hacía cosquillas, pero en cuanto el tercer Ramón empezó a molestar, se acabaron los juegos. Nilda, toma, ocúpate de él, decía.

El tercer Ramón se parecía a los otros hijos de papi y a veces se le escapaba decir: Yúnior, no hagas eso. Si Nilda oía aquellos deslices, explotaba. Maldito, gritaba, agarrando al niño y retirándose al dormitorio con Milagros. Papi no metía la pata con demasiada frecuencia, pero nunca supo a ciencia cierta cuántas veces se había dirigido al tercer Ramón pensando en el segundo.

Con un dolor criminal en la espalda y comprendiendo que su vida con Nilda se había ido al carajo, papi empezó a ver cada vez más claramente que su partida era inevitable. El punto de destino lógico era su primera familia. Empezó a verla como su tabla de salvación, como una fuerza regeneradora que lo redimiría de su fortuna. Así se lo dijo a Yo-Yo. Por fin hablas con sensatez, compadre, dijo Yo-Yo. El saber que también Chuito se iba a ir de la fábrica le dio más valor a Ramón para actuar. Por fin se habían inaugurado los apartamentos de London Terrace, cuya ocupación se había retrasado debido a que se rumoreaba que los habían construido sobre un vertedero de desechos químicos.

Yo-Yo sólo fue capaz de prometerle a papi que le prestaría la mitad del dinero que necesitaba. Yo-Yo aún seguía perdiendo dinero por culpa de su negocio fallido y necesitaba un poco de tiempo para recuperarse. Papi se lo tomó como una traición y así se lo dijo a sus amigos. Le gusta mucho hablar, pero cuando llega el momento de la verdad no te da nada. Aquellas acusaciones llegaron a oídos de Yo-Yo, hiriéndolo profundamente, pese a lo cual le prestó el dinero a papi sin hacer ningún comentario. Así era Yo-Yo. Papi trabajó a fin de conseguir el resto, y tardó más meses de los que había calculado. Chuito le reservó un apartamento y juntos empezaron a llenar el lugar de cosas. Empezó llevándose al trabajo un par de camisas, que luego enviaba al apartamento. A veces llevaba los bolsillos llenos de medias o se ponía dos pares de calzoncillos. Se estaba escapando de la vida de Nilda como si fuera un ladrón.

¿Qué pasa con tu ropa? le preguntó una noche.

Son esos malditos de la lavandería, dijo. Ese bobo no para de perderme cosas. Voy a tener que hablar con él en serio en cuanto tenga un día libre.

¿Quieres que te acompañe?

Yo lo arreglaré. Ese tipo es un desgraciado.

A la mañana siguiente lo sorprendió metiendo dos guayaberas en la bolsa donde llevaba la fiambrera. Voy a llevarlas a la tintorería, explicó.

Deja que me encargue yo.

Tú estás muy atareada. Es mejor así.

No se puede decir que llevara el asunto con delicadeza.

Sólo se hablaban cuando era estrictamente necesario.

Años más tarde Nilda y yo mantuvimos una conversación, después de que papi nos abandonara para siempre, después de que los hijos de Nilda se hubieran ido de su casa. Milagros tenía hijos propios y había innumerables fotos de ellos por las paredes y encima de las mesas. Su hijo era porteador de equipajes en JFK. Alcé una foto en la que se lo veía con su novia. Estaba claro que éramos hermanos, aunque su rostro era más respetuoso que el mío para con las leyes de la simetría.

Tomamos asiento en la cocina, en la misma casa donde había vivido él; de vez en cuando se oía el impacto de un bate al golpear una pelota de goma, lanzándola por entre el amplio espacio que mediaba entre las fachadas de los edificios. Mi madre me había dado su dirección (Saluda a la puta de mi parte, me dijo) y tuve que tomar tres trenes distintos y caminar no sé cuántas cuadras con su dirección escrita en la palma de la mano para llegar hasta ella.

Soy hijo de Ramón, dije.

Hijo, sé quién eres.

Preparó café con leche y me ofreció galletas Goya. No gracias, dije yo; se me habían quitado las ganas de hacerle preguntas e incluso de estar allí sentado. La cólera sabe cómo volver a uno por cuenta propia. Bajé la vista hacia mis pies y vi que el linóleo estaba sucio y desgastado. Nilda tenía la cabeza pequeña y el pelo blanco, muy corto. Estuvimos un rato así, sentados y bebiendo café, hasta que por fin nos pusimos a hablar. Eramos dos desconocidos reviviendo un acontecimiento —un tifón, un cometa, una guerra— del que ambos habíamos sideo testigos, sólo que desde perspectivas muy distintas.

Se fue muy de mañana, explicó en voz baja. Yo sabía que algo andaba mal porque él estaba tumbado en la cama sin hacer otra cosa que acariciarme el pelo, que por aquel entonces lo tenía muy largo. Yo pertenecía a la Iglesia Pentecostal. Era raro que aguantara tumbado en la cama. En cuanto se despertaba, se duchaba, se vestía y se iba. Tenía mucha energía. Pero ese día, nada más levantarse se fue adonde el pequeño Ramón y se quedó mirándolo. ¿Te encuentras bien? le pregunté y él me dijo que muy bien. No iba a discutir con él por eso, así que me di la vuelta y seguí durmiendo. Todavía pienso a veces en el sueño que tuve entonces. Yo era joven y era el día de mi cumpleaños y estaba comiendo un plato de huevos de codorniz y eran todos para mí. Un sueño de lo más tonto. Cuando me desperté vi que se había llevado las pocas cosas que aún tenía aquí.

Se estrelló los nudillos lentamente. Pensé que el dolor no se me pasaría nunca. Entonces me di cuenta de lo que tuvo que pasar tu madre. Díselo.

Estuvimos hablando hasta que anocheció y entonces me puse en pie. Afuera los muchachos del barrio se habían juntado en pandillas; se les veía caminar, entrando y saliendo de las nebulosas de luz cenital que arrojaban los postes de la calle. Me sugirió que fuera a su restaurante, pero cuando llegué allí y vi que al otro lado del cristal donde se reflejaba mi figura se encontraban todas las versiones posibles de unos personajes que ya conocía, decidí irme a casa.

Diciembre. Papi se marchó en diciembre. La empresa le había dado dos semanas de vacaciones, cosa que Nilda ignoraba. Se tomó una taza de café negro en la cocina, la lavó y la puso a secar. Dudo que llorara o incluso que sintiera ansiedad. Prendió un cigarrillo, arrojó la cerilla sobre la mesa de la cocina y salió haciendo frente a los vientos fríos y cortantes que soplaban desde el sur. Hizo caso omiso de las caravanas de taxis desocupados que patrullaban las calles y bajó andando por la avenida Atlantic. Por aquel entonces no había tantas tiendas de muebles y antigüedades. Fumó un cigarrillo tras otro y liquidó el paquete en menos de una hora. Compró un cartón en un puesto de la calle, consciente de lo caro que costaba en el extranjero.

El primer tren de la estación de subway de la calle Bond habría llevado a papi directamente al aeropuerto y a mí me gusta imaginarme que se subió en ese primer tren, en lugar de hacer lo que seguramente hizo, pasar por casa de Chuito antes de tomar un avión rumbo al sur e ir a recogernos.